El círculo vicioso

El círculo vicioso

Arturo Lozano Téllez

www.librosenred.com

Dirección General: Marcelo Perazolo
Dirección de Contenidos: Ivana Basset
Diseño de cubierta: Daniela Ferrán
Diagramación de interiores: Federico de Giacomi

Primera edición en español - Impresión bajo demanda

© LibrosEnRed, 2010
Una marca registrada de Amertown International S.A.

ISBN: 978-1-59754-609-6

Para encargar más copias de este libro o conocer otros libros de esta colección visite www.librosenred.com

AL LECTOR

Estas hojas pretenden con sencillez transmitirte un mensaje. Es para ti, tu familia, tus hijos. Nació como una inquietud de decírselo a alguien, de prevenir; así que con la inquietud sobre mí, empecé a escribir sin tener todavía muy claro lo que quería decir, divagando, hasta que, después de mucho esfuerzo, el mensaje tomó forma y creo que ahora puede servirte.

Permíteme ofrecerte el relato de esta experiencia basada en hechos reales y vivencias propias. Quise construir la narración verticalmente, tomando del recuerdo las situaciones un poco de aquí y de allá, e hilvanarlas para que así fueran enlazadas y darles coherencia. Por supuesto, aunque se trata de un aspecto de la vida, el lado triste, también es un libro sobre el amor. Me he esforzado en recordar las cosas tal como las sentí en su momento, y si bien algunas están tan alejadas en el tiempo que han perdido nitidez, su esencia se mantiene. Este esfuerzo se realizó únicamente con la esperanza de que el libro sirviera a otros para tomar conciencia de la realidad que describe. El concepto es tan simple y, a la vez, tan complicadas sus consecuencias, que tal vez no les demos en el momento la importancia que merecen; pero es un asunto muy serio y muy actual, de una incuestionable vigencia, y nadie está exento de vivirlo, de modo que ojalá esta sencilla lectura pueda serte de utilidad.

Atentamente,

El Autor

Para Ofelia
"…quiera Dios que ojalá puedas
escuchar…"

Capítulo I

Hoy he salido muy temprano hasta el río, corriendo entre los arbustos y las piedras, por un sendero que llega hasta una presa pequeña. Me gusta acelerar en las subidas y utilizar el mismo impulso de mi cuerpo en las bajadas; voy extendiendo los brazos, planeando como un avión, otras veces imagino conducir mi cuerpo como si fuera un automóvil, o como sea, siempre echando a volar mi imaginación. Salgo cuando puedo, cuando no hay peligro, calzando un par de zapatos viejos, los mismos que uso para ir a la escuela.

Al correr siento la fuerza de mis piernas, la velocidad y el ritmo, mi respiración en armonía con la naturaleza. El sudor de mi frente contrasta con el frío de la mañana. La llovizna ligera disminuye y, a medida que avanzo, cuando empieza a clarear el día, sintiendo volar mi pequeño cuerpo rápidamente remonto la distancia sin dificultad.

Me da un poco de miedo regresar, ya que salí a escondidas, Con los zapatos en la mano, llego a la casa sin hacer ruido y voy sigiloso directo al baño. A mi padrastro le molesta que salga temprano y empiece a correr como loco, dice que gasto mis energías para la escuela y el trabajo. Ahí, con una cubeta llena de agua tibia me refresco y enjuago luego de enjabonarme y tallarme la piel. Después entro a la casa cubierto con una sábana y me preparo rápidamente para la escuela. Mi padrastro ronca todavía, llegó tomado como siempre, haciendo escándalo en la madrugada.

La casa que mi padre construyó es pequeña. Una estancia, una cocina y dos recámaras: una que comparto con mis hermanos —Daniel, un año mayor que yo, y Antonio, cinco años menor— y la otra donde duermen mi madre y mi padrastro. Una puerta trasera da al patio, que es de tierra, donde hay una pileta, un pozo de agua dulce y un cuarto donde podemos bañarnos, además de una fosa séptica para hacer las necesidades, ubicada al fondo.

Es el año 1974 y estoy en el cuarto curso de instrucción primaria. Nos preparamos para ir a la escuela; ya afuera mi hermano y yo remontamos la subida que desemboca en el camino que va a la carretera y conduce al centro del pueblo de San Miguel, municipio de Contla, Tlaxcala, a 1 kilómetro de la casa. Vamos a un lado del camino para llegar al centro de la plaza donde ya hay niños formados por grupos según su grado y dispuestos a entrar a clase.

A los 10 años de edad casi no tengo recuerdos de mi padre, solo conservo una fotografía rota en la que mi mamá está con él, ella vestida de novia y mi padre de traje oscuro —mi madre me dijo que ella misma tejió la corbata que él llevaba puesta ese día— y a un lado un humilde pastel de bodas con unos novios encima.

Mi padre se fue cuando yo era muy pequeño, y con él, la esperanza de contar con el respaldo de alguien que pudiera apoyarme en mis aspiraciones. Esa condición me marcó para siempre; no le hubiera pedido mucho, solo que no me impidiera hacer lo que más me gustaba, porque desde esa edad yo sabía muy bien lo que quería hacer.

Todo comenzó hace dos años, un domingo del mes de septiembre en la casa de mis tíos en la ciudad de Puebla. Mientras jugaba con los primos en el patio, mi madre me gritó: "¡Arturo, háblale a tu hermano y ya vénganse a comer!".

Llegué corriendo pero me detuve en el centro de la sala, pues me despertó curiosidad ver en la televisión una competencia deportiva —el Maratón de Múnich de 1972—; estaba sorprendido; tomé del brazo a mi hermano pequeño —de 3 años— y, jaloneándolo para que me prestara atención, le dije señalando el televisor con el dedo índice: "Mira, Toño, ¡las Olimpiadas!".

Había una competencia en la que varios países eran representados en una carrera, las camisetas sudorosas llevaban el nombre del país así como los colores de su bandera; corrían, luchaban por estar en la delantera, ¡cada uno representando a un país entero! Atento, percibí que los rostros reflejaban un gran esfuerzo y cansancio, imagen que en contraste con la narración del locutor me impresionó mucho; era un momento muy emotivo pues estaban luchando por alcanzar la meta.

¿Cuánto es 42 kilómetros ciento y qué...?, pensé. El nombre de Frank Shorter quedó para siempre grabado en mi memoria, no podía apartar la vista del televisor. Mi entusiasmo infantil me hizo pensar en voz alta: "Algún día iré a las Olimpíadas a competir en el Maratón, algún día lo haré...", lo que provocó risas entre los tíos y primos presentes; mi madre fue la única que no se burló de mí.

Pequeño, ostentoso e inmaduro, no sabía en ese entonces que yo era un corredor nato, con un cuerpo espigado y delgado, de piernas largas y, lo más importante: yo amaba correr, pero no lo sabía aún.

Ese día fue solo el despertar para descubrir algo hermoso, el detonador que me hizo salir corriendo a la mañana siguiente, un lunes antes de entrar a la escuela y sin que nadie me obligara, con zapatos y sin ningún instructor, únicamente con la visión del día anterior en mi mente y la consecuencia lógica de llegar a la casa sofocado, sudoroso, totalmente agotado y adolorido de las piernas.

—¡Estás loco o qué te pasa, cabrón! ¿¡Hasta dónde te fuiste a hacer, pendejo!? —preguntó mi padrastro, Nicolás, con su cigarro encendido y los brazos cruzados.

—Corrí hasta la presa —respondí.

—No te creo. ¡Crees que soy estúpido! La presa está muy lejos de aquí… Órale a bañarse para la escuela... ¡Y no te quiero ver aquí!

Entonces salí a toda prisa sin contestarle nada.

A esa temprana edad yo no tenía opinión, las órdenes se cumplían, el trabajo se hacía sin protestar. Mi madre llevaba la peor parte pues siempre estaba ocupada en el trabajo de la casa, lavando, haciendo la limpieza, cocinando; además desgranaba las mazorcas de maíz para prepararlo y llevarlo al molino mientras mi padrastro salía con sus compadres y regresaba ebrio en las tardes o hasta de noche, con hambre, exigiendo ser atendido. "¡Ofelia, deme de tragar!", gritaba, mientras mis hermanos y yo nos escondíamos bajo la cama, y después los gritos y golpes eran algo común.

En la escuela yo era un niño bastante tímido —tal vez por los golpes y regaños que recibía de mi padrastro cuando hablaba o hacía algo— pero inquisitivo; había preguntas en mi mente pero tenía miedo de preguntar y que alguien se burlara de mí o me callara por decir tonterías. Por esa razón buscaba yo mismo las respuestas en la observación de las cosas y procuraba estar atento; casi no jugaba, a diferencia de los demás, y dentro de mí vivía el miedo de llegar a casa por las tardes.

No había excusas, debíamos tener buenas calificaciones o el castigo era bien sabido, así que procurábamos no darle motivos. De cualquier modo, no había manera de evitar los golpes, y aunque no los buscábamos, a veces los problemas nos llegaban solos y nos afectaban tanto a mi hermano mayor como a mí, así como los míos a él, porque aunque no nos comunicábamos mucho, entre los dos nos defendíamos. La gente a veces nos confundía. Aunque él estaba en sexto año de primaria y yo en quinto, éramos muy parecidos, de la misma estatura, aunque su piel era más blanca que la mía y, en cuanto al carácter, totalmente diferentes.

Cierto día, en un descanso entre clases en la escuela, me senté solo a la sombra de un arbolillo y vi a mi hermano jugar con sus amigos; pero al cabo de un rato empezó a jalonearse con un muchacho de su grupo, quien discutía con él:

—¿Sabes por qué tu mamá se juntó con Nicolás? ¡Porque tu papá se fue con Carmen Luna! —le gritó Néstor, compañero de su clase, y le dijo que mi padre se había burlado de mi madre pues se había ido con una mujer a quien había embarazado sin importarle nosotros.

Mi hermano mayor, quien acostumbraba echarme a sus enemigos, le respondió:

—¡Ya cállate, yo no me meto con tu familia! ¡Te voy a echar a mi hermano!

Pero no fue necesario acusarlo porque yo mismo lo escuché; caminé hacia ellos lentamente pero, después, al ver su risa burlona, me fui hacia Néstor con toda la fuerza que tenía, derribándolo por el impulso, y encima de él le di con ambos puños hasta que alguien, no sé quién, me levantó por la espalda. En medio de la trifulca solo escuchaba los gritos de mis compañeros que me apoyaban y de otros que decían groserías y apoyaban a mi contrincante; sentía el rostro caliente y rojo de coraje, definitivamente no permitiría que alguien hablara así de mi madre.

Néstor se incorporó, era más alto que yo. Sujetado por un maestro, me miró con coraje, tenía la sorpresa dibujada en el rostro y la boca cubierta de sangre que le salía por la nariz. Al llevárselo el maestro a la Dirección, jaloneado del brazo, lo escuché decirme con odio:

—¡Después nos vemos tú y yo!

No le respondí, trataba de recuperar el aliento mientras era sujetado por alguien. Ese día salí castigado. Tenía que regresar con mi madre al día siguiente, como decía el citatorio, para recibir una llamada de atención por mi conducta, pues mi maestra —Adriana— no se explicaba cómo un niño tan tranquilo había podido hacer semejante barbaridad. "No existe ninguna excusa para actuar de ese modo", dijo. Y yo le expliqué a ella, y también a mi mamá, por qué había actuado así. La maestra se quedó muy seria al escuchar, sabía que yo no inventaría nada y me creyó. Mi madre, al enterarse, me sonrió y tomó mi rostro entre sus manos mientras que yo trataba de contener con fuerza las lágrimas a punto de escaparse de mis ojos.

Ese mismo día después de clases, de camino a casa, me esperaban ya para ajustar cuentas Néstor y otros muchachos, entre los que pude reconocer a sus hermanos. Se habían apostado atrás de la iglesia. Mi hermano Daniel se detuvo al verlos y corrió hacia la escuela, mientras yo me quedé pasmado por la sorpresa. Néstor, el agredido, tenía un gran parche en la nariz y una terrible mirada de odio. No me dijeron nada, ni reclamaron nada, solamente saltaron sobre mí.

Aventé mis cuadernos y logré zafarme de uno de ellos. Aunque casi lograron derribarme, me recuperé y corrí entre ellos con todas mis fuerzas mientras piedras y palos me llovían peligrosamente. Tratando de esquivar estos proyectiles, me metí a toda velocidad entre las milpas que estaban a un lado del camino, cambiando de dirección inesperadamente para perderlos. No volví la cabeza hasta que me percaté de que ya no me perseguían porque ya no escuchaba los insultos. No pudieron alcanzarme, de mucho me sirvieron mis prácticas matutinas, pues los había dejado atrás. De todos modos no me detuve.

Cuando llegué sofocado a la casa, mi madre, al verme además alarmado, me llenó de preguntas; se inclinó frente a mí y, revisándome, descubrió una herida leve en mi cabeza que, francamente, no sentí que me doliera, solo era un chipote. Luego, sobándome la espalda para ayudarme a recuperar el aliento, me escuchó. Yo sólo dije la verdad y le conté lo ocurrido, sin imaginar siquiera que la venganza de Néstor vendría directamente de mi padrastro, quien estaba escuchando atrás de mí en ese momento.

Al terminar de narrar a mi madre lo sucedido, sentí un jalón en el brazo y un puñetazo en la mejilla derecha me hizo perder el equilibrio. Mi cabeza giró y el golpe me hizo caer hacia atrás. Cuando mi rostro impactó con la base filosa de un mueble donde mi madre guardaba los trastos, sentí algo caliente... algo que me invadía el rostro. Al borde del ojo izquierdo tenía una herida que en ese momento nadie vio. Me reprimí, contuve la respiración y no lloré ni me quejé, sólo salí a gatas de ahí, dejando un pequeño rastro de sangre en mi camino.

—¡No quiero problemas con esa familia...! ¿Me entendiste, pendejito? ¡Sus padres son amigos míos! —gritó mi padrastro.

Me refugié en un espacio que se hacía entre la puerta del cuarto y la pared, tapándome la herida con una mano. Sentí el calor de la sangre entre los dedos, un retortijón en el estómago, un nudo en la garganta por el llanto retenido, coraje, impotencia, miedo; pero no me arrepentía, porque nadie debía hablar mal de mi madre.

Después de discutir, mi mamá se fue a buscar a mi hermano a toda prisa, quien se había refugiado en la escuela y no quería salir. Al escuchar sus voces me di cuenta de que habían regresado; ya mi rostro se había hinchado y me punzaba la mejilla, la hemorragia se había detenido por la presión de mi mano. La sangre empezaba a secarse, tenía la camisa blanca y el pantalón azul manchados de rojo y, recostado en el piso, alcanzaba a ver con mi ojo punzante las piernas de Nicolás sentado en el sillón de la sala.

Fue mi hermano el que me encontró en el suelo:

—¡Qué te hicieron esos cabrones! —me preguntó susurrando.

Al incorporarme, la herida comenzó a sangrar de nuevo justo cuando mi madre entraba. Se dio cuenta de la gravedad del golpe al verme el rostro hinchado y la herida en mi ojo casi cerrado.

Por primera vez la vi enfrentar a mi padrastro con gritos e insultos y golpeándolo repetidamente con ambas manos. Él reaccionó sujetándola de las muñecas. Sorprendido al verme, luego la soltó de un empujón, salió de la casa dando un portazo y se alejó.

Finalmente, con un paliacate rojo amarrado en la cabeza presionando la herida, salí de la casa junto a mi madre, quien se esforzaba por conservar la calma para ver al doctor. Después de coserme la herida, el médico me indicó reposar.

—Se cayó jugando —dijo ella.

Y el doctor, que sabía de nuestra situación, no respondió; solo movió la cabeza y murmuró una grosería.

El único afecto que conocía entonces era el abrazo tierno de mi madre, que era el refugio a los golpes y los gritos. Al besar mis mejillas, sus lágrimas calientes se mezclaban con las mías y el miedo se desvanecía poco a poco como un gran trozo de hielo a la luz del sol. Yo me tranquilizaba en sus brazos, mi pequeño cuerpo se liberaba del tormento cuando mi madre me abrazaba.

—Vuelvo a ver corriendo a ese pinche escuincle y ¿sabes lo que le voy a hacer? ¡Le voy a romper su madre, es más, le voy a romper las piernas para que me entienda ese cabrón, no me obedece! —decía Nicolás a mi mamá, mientras yo me protegía detrás de ella.

—¡No!... ¡Tú no lo vuelves a tocar! —le respondía mi madre.

Desde entonces, en medio de su fragilidad, se llenaba de valor para defendernos a los tres, aunque a veces resultaba golpeada al interponerse. Era inútil, porque no siempre estaba en la casa, por lo que en cuanto ella se iba llevándose sólo a Antonio, nosotros nos escondíamos bajo la cama y permanecíamos quietos sin hacer ruido para no molestar a Nicolás; estábamos a su merced, indefensos.

Las labores de la casa incluían, aparte de hacer las tareas escolares, cuidar, dar de comer y limpiar el lugar de los animales: pollos, guajolotes y puercos, así como del burro que nos servía para jalar la carreta cuando íbamos a desyerbar las milpas. También debíamos sacar la basura de los sembradíos los sábados por la mañana.

No sucedió nada importante hasta el mes de mayo, cuando las fiestas de San Miguel Arcángel, el santo del pueblo. Se realizaban actividades de festejo en el centro. Entre otras cosas llegaba la feria con los juegos mecánicos y la comida gratis en la iglesia, se vendía el pan de fiesta y los adultos tomaban el pulque blanco hasta emborracharse, lo que les hacía tener un aliento de los mil demonios al hablar. Mientras un grupo de música tropical amenizaba la plaza, todos se ponían a bailar.

Con mi chamarra cubriéndome la cabeza, me gustaba pasar corriendo por debajo de los juegos pirotécnicos y dejarme perseguir por Joaquín, quien cargaba el torito: una estructura hecha con cohetes que llevaba sujeta a la espalda; al encenderlo, se iba sobre la gente y corríamos todos, y se escuchaban los gritos de los niños divertidamente asustados al verlo abalanzarse.

Ese año, las actividades festivas incluían por primera vez una carrera de 10 kilómetros (!). Al enterarme, inmediatamente me mostré muy entusiasmado por participar, aunque la categoría era hasta 16 años. No me importaba tener sólo 12, al fin podría competir por primera vez, y no había dejado de entrenarme cada vez que tenía una oportunidad.

—¿Me inscribes? —dije a mi madre.

Ella guardó silencio, miró de reojo a Nicolás y él se volteó de tal forma que si la mirada matara habríamos caído ahí mismo fulminados. La respuesta silenciosa quedó bastante clara para mí, así que decidí inscribirme a escondidas, esperando que mi padrastro no me viera correr; aunque después se enterara, no me importaba el castigo que pudiera imponerme.

Un trozo de tela que tenía el número 24 era para mí lo más emocionante, y aunque no tenía tenis, podía correr con mis viejos zapatos de bota.

Salí muy temprano un día antes de la carrera con mi número al pecho, sujeto por dos seguros a mi playera, dándole vuelo a mi imaginación. Al avanzar velozmente me imaginaba estar en una gran competencia, y en mi playera vieja imaginaba el verde, el blanco y el rojo de la bandera de mi país, y a mí mismo llegando a la meta con los brazos en alto en primer lugar, en medio de grandes aplausos. Pero la realidad era muy distinta; al llegar a la casa recibí la advertencia de mi padrastro de no participar y me hizo poner los pies en la tierra.

—¡No te atreverás! —me dijo.

Pero yo le di la espalda y no le hice caso, estaba dispuesto a enfrentarlo desde ese día, sería rebelde y nunca más me dejaría maltratar por él.

A pesar de todo y en medio de mi emoción, sentía miedo y dudaba. Me acerqué a mi madre en la noche:

—¿Puedo hacerlo, mamá? —pregunté indeciso.

—Pues... sabes que puede haber problemas, pero... hazlo, Arturo, con mi permiso... porque veo que realmente lo quieres y que Dios decida. ¿Sabes? Siempre pensé que impedirte correr es como encerrar en una jaula a un pajarillo que tiene que volar... sería triste que tuviera que estar encerrado, ¿no?... —dijo mi madre sonriendo.

Al día siguiente, el representante del comité organizador, el señor Ezequiel, nos explicaba al grupo de corredores que había que ir por la carretera hasta el puente de entrada del siguiente pueblo, a 5 kilómetros —Santa Cruz Contla, donde está el balneario La Trinidad— y regresar. El nerviosismo y la emoción me embargaban, sería para mí una forma de saber si tenía cualidades y, a la vez, era mi primera competencia.

Mi hermano decidió seguirme en una bicicleta que consiguió prestada para apoyarme durante el recorrido. El señor Ezequiel, con un reloj en una mano y un silbato en la otra, nos colocó atrás de una la línea pintada con cal sobre la carretera, frente a la entrada de la iglesia del pueblo.

Me incliné hacia adelante al frente de un grupo de unos treinta competidores. Estudiantes de la primaria y la secundaria del pueblo se prepararon para salir; había muchachos de más de 17 años, era evidente que no era una competencia formal y no importaba romper las reglas; se trataba de un evento nuevo y nadie le daba gran importancia, era solo una actividad recreativa. Pero a mí sí me importaba, tanto que estaba arriesgando una paliza al llegar a casa.

Traté de no pensar en represalias; debía concentrarme. Sentí un poco de envidia y tristeza cuando los familiares de los demás competidores empezaron el escándalo con porras, apoyando a sus hijos; pero de pronto una alegría inmensa invadió mi alma al ver a mi mamá, sola, levantando y agitando un brazo para que la viera, aplaudiendo, gritándome. Ella era mi cómplice, por primera vez me vería correr y yo no iba a defraudarla.

Salí corriendo al silbatazo y tal vez mi enjundia y motivación me hicieron ponerme adelante. Rápidamente del conjunto de corredores se hizo un grupo compacto que yo encabezaba aventajando enseguida por unos metros a los demás; otro grupo se rezagó y luego se disgregó, y hasta hubo quien se detuvo abandonando la carrera. Yo, que iba muy rápido, me di cuenta de mi error, ya que me cansé muy pronto; el grupo me alcanzó y tuve que esforzarme muchísimo por aguantar el paso atrás de ellos. Al llegar al siguiente pueblo dimos media vuelta alrededor de un juez, quien anotaba los números de los corredores que en ese instante regresaríamos hacia la línea de meta. Para entonces éramos cinco o seis los corredores que punteábamos, entonces advertí que había personas que yo no conocía y que me aplaudían al pasar frente a ellos. ¿Les resultaría simpático que un pequeño se pusiera a tú por tú con muchachos más altos y por eso me regalaban aplausos y gritos de ánimo? Yo me imaginaba corriendo por el camino al lado del río que llega hasta la presa de San Bernabé, como tantas veces, y a medida que avanzaba sentía orgullo; poco a poco se apoderaba de mí la idea de que tal vez, si aguantaba el paso, podría ganar la carrera y eso era algo maravilloso para mí.

Aproximadamente a 200 metros de la meta, después de pasar el puente de "El Tesoro", escuché los gritos de apoyo de mi hermano que me seguía en la bicicleta. "¡Duro, duro carnal, dale!...", me gritaba Daniel. Yo buscaba entre la gente el rostro de mi madre pero sólo vi, con sorpresa, a mis tíos y primos de Puebla. Era el puntero, le iba sacando unos 10 metros de ventaja al corredor más próximo y, precisamente cuando estaba a punto de aprovechar el segundo aire para hacer el *sprint* final, sucedió...

Tal vez si lo hubiera visto venir no me habría alcanzado, pero no lo vi; llegó por atrás y sentí un jalón de cabellos mientras mi hermano mayor le gritaba que me soltara. Nicolás había salido de repente en la curva final. La gente le gritó groserías, pero a él no le importó y me llevó de los pelos hasta la casa, mientras que, sofocado como estaba, yo trataba inútilmente de soltarme de sus manos.

Al día siguiente, a punto de salir de viaje e inmovilizado en mi cama, trataba de poner en orden mis ideas y emociones. No podía olvidar la paliza recibida, cuando me gritó:

—¡Sobre advertencia no hay engaño!, escuinclito pendejo, eso de estar corriendo no te va a llevar a ningún lado, ¡es perder el tiempo!

—¡No es verdad! ¡No es algo malo como tomar!

Yo le había respondido con los mismos insultos mientras, tratando de soltarme de su mano que me tenía de los cabellos, recibía numerosas patadas en las piernas. Él no podía creer que yo le estuviera contestando, lo que lo hizo enfurecer más:

—Ahora voy a poner remedio a esto —amenazó—, ¡a mí me respetas, pendejito!

De un empujón me derribó sobre la cama, salió por un segundo y lo vi regresar con la mirada desencajada. No aceptaba que yo también lo insultara, y enseguida comenzó a golpearme las piernas con un palo grueso y pesado, tantas veces que llegó un momento en el cual ya no hice más por mí. Dejé de gritar; pero él reaccionó cuando al golpearme en el hígado y sacarme el aire, escuchó de mi aliento un quejido sordo que se desvanecía... Se detuvo entonces al percatarse de que no podía moverme y hacía contracciones desesperadas por respirar, sin conseguirlo. Soltó el palo, se quedó quieto observándome espantado y fue entonces cuando entró a la habitación mi madre, acompañada de su hermano. Mi tío Salomón, padrino de mi hermano Antonio, había venido desde Puebla a las fiestas del pueblo junto con mi tío David. Al verla entrar, inmediatamente extendí un brazo hacia ella queriendo alcanzarla, mientras realizaba un enorme esfuerzo por incorporarme.

Mi madre se interpuso entre Nicolás y yo, se me acercó con el rostro lleno de dolor, me cargó como pudo en brazos y me sacó de ahí con las piernas colgando lastimosamente.

Parecía como si la competencia hubiera terminado en mi casa y no en la línea de meta. Había mucha gente en el patio y afuera, todos testigos de lo que me había pasado ese día. Fue esa la última vez que vi a mi padrastro en mucho tiempo después de que fue golpeado por mis tíos, quienes lo sacaron al patio y le dieron con el mismo palo. Se escucharon gritos e insultos y, tras ser revolcado, escupido y pateado, se fue con la ropa que tenía puesta. La gente se arremolinó a su alrededor mientras caminaba ensangrentado, las mujeres le arrojaron piedras e insultos reprobando la acción cometida contra mí.

—¡No te atrevas a regresar, esta casa no es tuya, Ofelia se va conmigo y no la vas a volver a ver! —le gritó mi tío Salo, hombre sencillo, íntegro, a quien nunca le había gustado ese hombre para su hermana consentida ni para nosotros, sus sobrinos.

Mi tío había dejado de hablar con mi madre y mi padrastro cuando se juntaron, pero al fin aparecía nuevamente.

En medio de mi dolor, me sentí bien por haber sido la gota que derramó el vaso y por fin colmó la paciencia de mi madre. Ella había ido a buscar a mis tíos, que llegaron muy oportunos. Me sentí orgulloso de enfrentar con coraje y decisión a mi padrastro al menos una vez en mi vida después de tantos años.

El doctor dijo que tendría que revisarme un especialista, se me acercó después de colocar las férulas para inmovilizar mis piernas fracturadas, además de vendarme el brazo derecho. Todavía tenía el número 24 en el pecho sujeto a mi playera. "Estoy orgulloso de ti, muchachito; hubieras ganado, pequeño", me dijo el doctor antes de irse.

Sentimientos encontrados invadían mi pecho hasta atorarse en mi garganta como un nudo. Por un lado me emocionaba ver a mi tía Isabel y a mi madre reencontrarse, sentía también el abrazo de mi hermano pequeño, Antonio, quien me examinaba la herida al lado del ojo izquierdo, cicatriz que me acompañaría por siempre, y observaba con atención los vendajes de mis piernas. Por otra parte, me asustaba el dolor en las extremidades, pero pese a todo *había en el ambiente un optimismo que desconocía*, había luz en el aire, podíamos hablar sin miedo, en voz muy alta, a los gritos, tenía la sensación de haberme quitado unas pesadas cadenas de encima, de abrir la puerta de una prisión constantemente cerrada, todo porque sabíamos que ese hombre que nos golpeaba se había marchado para siempre.

—No te preocupes, allá no los encontrará —me dijo mi tío Salomón—, el tío David se quedará unos días para rentar la casa de tu mamá, mañana mismo nos vamos a México y allá terminarás la escuela con Daniel y con tus primos Luis y Carlos, y verás cómo la vida cambiará para ti y tus hermanos.

Es una sensación rara la de llorar y comer al mismo tiempo; estaba tomando esa noche leche caliente con pan de dulce y derramaba lágrimas de emoción a la vez. Había un trofeo pequeño en la mesa: acababa de irse un grupo de adultos del comité de la feria; tras discutir el problema, por unanimidad habían votado que yo merecía recibir el trofeo de primer lugar.

El muchacho que ganó, Néstor, con quien tuve alguna vez problemas, me lo entregó. También me extendió su mano y, después de felicitarme, en un tono muy serio dijo: "Estoy de acuerdo, tú te lo mereces más que nadie", dio media vuelta y se fue, mientras las miradas de mis hermanos se encontraban con la mía. Dejamos escapar risitas de alegría y optimismo y, sin palabras, con un brillo en los ojos, desde un rincón, mi madre nos miraba con orgullo.

Capítulo 2

Llegamos a un edificio enorme y entramos a un cubículo después de abrirse una puerta automática. Una persona activó la palanca por la cual el elevador nos llevó al último piso, donde viviríamos. "¿Cómo han logrado construir un edificio tan grande?", pensé. Las luces de los coches, vistas desde lo alto, hacían largas filas en los semáforos de la avenida. Conocí el significado práctico de la palabra "vértigo". Los Multifamiliares Miguel Alemán en la colonia Del Valle serían ahora mi casa y aunque el departamento era muy reducido, no me importaba, la ciudad de México era algo novedoso para mí.

Grandes aviones que pasaban cerca del edificio nos hacían salir al pasillo rápidamente para verlos mejor; nos tocó vivir frente al Hospital del ISSSTE "20 de Noviembre" con la consecuencia lógica de escuchar las sirenas de las ambulancias a cada rato.

Nos instalamos en el departamento 434 de la torre "A". La vivienda era de dos pisos, abajo el comedor y la cocina; arriba, después de subir 21 escalones de madera, estaba el baño, una estancia y una recámara grande que mi mamá dividió en dos. En nuestro cuarto, una televisión en blanco y negro, unas literas y un clóset para guardar la ropa; la litera de abajo era mía y de Toño; la de arriba, por supuesto, de Daniel. En la otra recámara, mi madre.

No era una casa grande pero para mí era un palacio donde nadie me insultaría, me gritaría ni me pegaría, y lo más importante: era mi hogar. El recuerdo más grato de esa casa es la hora de cenar, ya que nos sentábamos en una mesita pequeñita, donde apenas cabían los platos; cenábamos juntos, platicábamos y reíamos y no había violencia.

Pero el pasado traumatizante *me cambió para siempre*. El primer síntoma que identifiqué fue mi carácter: introvertido; yo era callado y tímido al hablar, siempre tristemente introvertido. Cuando conocía a alguien, era difícil que soltara una palabra por el reflejo y el miedo de recibir un golpe o que me callaran con un grito; nunca pude superarlo, ni con el paso de los años. Me costaba muchísimo, por ejemplo, exponer una clase, y hablar en público prácticamente me aterrorizaba; sólo a medida que entraba en confianza empezaba a soltarme, y al hablar lo hacía con una gran inseguridad.

Había pasado ya un año desde que abandonamos San Miguel, y después de vivir tres meses con mis tíos en la Colonia Martín Carrera, por los rumbos de la Villa, mi madre se las arregló para encontrar un trabajo y un lugar independiente donde vivir. Mi tío le dijo el día que nos fuimos de su casa: "Estarás bien, tienes el teléfono y acuérdate de que no estás sola, aquí estamos nosotros para lo que se te ofrezca".

Él arregló lo de los muebles, la mudanza y el teléfono utilizando el dinero de la renta de la casa de Tlaxcala; nos llevó a nuestra nueva vivienda y yo le di las gracias por todo con un abrazo fuerte. Desde los barandales rojos del último piso del edificio, le vimos perderse poco a poco en el tráfico de la avenida.

Yo no entendía bien lo que sucedía en mis piernas, estaban atrofiadas por la inactividad. Al retirar el yeso me di cuenta de que estaban más delgadas, la tibia de la pierna derecha había soldado ya pero estaba muy débil, sin fuerza muscular, y a la rodilla izquierda hubo que hacerle dos cirugías, la primera y la más dolorosa para unir un tendón roto. Dolorosa porque hubo que insertar un tornillo y un alambre para inmovilizar la rótula, pues el movimiento podía romper el tendón unido. La segunda cirugía —con verdadero pánico a la inyección de la anestesia— después de tres meses, para quitar el tornillo y el alambre.

Yo me olvidé de mis aspiraciones deportivas, pensaba que nunca volvería a correr como antes, extrañaba aquel sendero al lado del río. Me veía corriendo a toda velocidad en la bajada que estaba antes de llegar a mi casa —donde alguna vez me caí por ir tan rápido—, llegando a mi casa sonriendo, sacudiéndome raspado de brazos y rodillas.

Al mirarme en el espejo me veía más delgado que nunca, perdí el apetito, me encontraba deprimido y permanecí recostado durante largos e interminables días.

Eran frecuentes las noches en que tenía pesadillas donde me sentía amenazado por Nicolás y el miedo se apoderaba nuevamente de mí, pero al despertar respiraba otra vez, como podía me incorporaba y llegaba a la cama de mi mamá, quien despertaba y me abrazaba para calmar mis miedos. Aunque ya no estaba, sentía el fantasma de ese hombre cerca, en mi mente me perseguía todavía.

Mi hermano Daniel me ayudaba a cargar la mochila al ir al medio internado donde ingresamos para terminar la primaria; era conveniente porque ahí mismo nos daban el desayuno y la comida. Y así comencé mis esfuerzos físicos: asistiendo a clases, pues había que subir a un camión y caminar muchas cuadras, entrar a las siete de la mañana y salir a las siete de la noche y emprender el regreso, todos los días.

Me esforzaba también continuamente saliendo al pasillo del edificio para intentar caminar con normalidad poco a poco, tratando de enfrentar el dolor abiertamente, pero perdía el control y debía sostenerme de algún lado, pensaba entonces con mucha tristeza que siempre sería una especie de minusválido. Al terminar la primaria me desplazaba con dificultad, cojeaba, y era incapaz de subir escaleras normalmente.

Mi madre entró a trabajar en la UNAM como empleada administrativa con un sueldo muy bajo, puesto que solo tenía la primaria terminada. El caso es que mi hermano menor se convirtió en mi mejor compañía; no solamente alguna vez le cambié los pañales, también lo defendía de mi hermano mayor, que era muy poco paciente. Yo intentaba enseñarle cosas desde muy chico pero a él lo único que le interesaba era jugar, era increíblemente inquieto y materialmente era imposible mantenerlo en orden. Ya se había salvado una vez de morir cuando a los 5 años de edad se trepó a la alacena para comerse un puñado de lo que él pensó era azúcar y en realidad era sosa cáustica para destapar el caño. Por fortuna mi abuelo lo vio, lo cargó y lo llevó corriendo al doctor mientras arrojaba espuma blanca por la boca; el doctor dijo que de haber tardado un poco más habría muerto envenenado. La cicatriz en su lengua quemada le impedía expresarse bien, no podía pronunciar correctamente la letra "R", la pronunciaba como "D", cuestión que le causó grandes burlas de vecinos y amigos de la escuela primaria.

Pero el hecho de estar solos finalmente tuvo consecuencias.

Un día, en vacaciones, salimos a jugar al parque que estaba atrás del hospital. Caminábamos por la acera los tres cuando mi hermano pequeño se me soltó de la mano y se echó a correr atravesando la calle sin cuidado; yo no pude reaccionar a tiempo ni correr por mi condición, y sucedió algo terrible.

El rechinido de las llantas de un auto que iba pasando velozmente en ese momento me hizo voltear a verlo, el conductor intentó frenar al ver a mi hermano salir de su costado izquierdo... fue inútil. La llanta delantera izquierda le pasó por su pie. Con el impulso que Toño llevaba en su carrera, se estrelló en la salpicadera del auto y rebotó hacia el suelo golpeándose la nuca. Al desprenderse su pequeño pie de la llanta, todo él salió volando hacia mí, como regresando violentamente de la misma forma rápida que se me había escapado, quedando su cuerpo tendido a mis pies, como un muñeco de trapo, sin forma, sin sentido, golpeándose la cabeza nuevamente con la banqueta al caer.

Me arrodillé frente a él, coloqué su cabeza entre mis piernas y le di pequeños golpecitos en las mejillas con la esperanza de que respondiera a mi voz, mirando su cuerpo, tocando su pecho, sus piernas. De pronto, aterrorizado, vi su pie volteado, completamente fuera de su sitio. Había perdido su zapato ortopédico, que ahora estaba roto a un lado de la llanta del coche. Una gran herida empezaba a sangrar profusamente —no podía creer que la sangre que yo conocía de color rojo podía verse también tan oscura— y un hueso de su pie asomaba por el pantalón ensangrentado.

La angustia se apoderó de mí, la gente se arremolinó alrededor de nosotros, mi hermano Daniel me miraba anonadado. El conductor se bajó del auto, se arrodilló frente a mí, lo miré angustiado mientras él hacía por mi hermano.

—¡Salió de repente! —dijo nervioso.

Se levantó y pidió ayuda a la gente del Hospital 20 de Noviembre, ya que precisamente y por casualidad estábamos frente a la entrada posterior, a un costado de donde entraban y salían las ambulancias de urgencias. Alguien dio aviso y personas del hospital salieron con una camilla. Mientras lo subían y se lo llevaban, me quedé ahí parado, inmóvil, sin saber qué hacer. Pero al dejar de verlo, salí corriendo, pensando la forma de avisar a mi madre sin asustarla, inconscientemente haciendo el problema mío, asumiendo en mi subconsciente por completo la responsabilidad como loza sobre mi espalda, creyéndome culpable de todo sin saber todavía que a esa edad *la responsabilidad pertenece a los padres* del pequeño.

Era la primera vez que corría desde aquel día de la competencia, pero no llegué a ninguna parte, ¡no di con la casa! Aún no recuerdo cómo me perdí; iba cojeando, espantado. ¿Cómo se lo diría a mi mamá? ¡No tendría el valor de enfrentarla! "Si muere mi hermano será por mi culpa...", pensaba. Caminaba aprisa con las manos manchadas de su sangre, no podía apartar de mi mente las escenas que acababa de vivir, todo había ocurrido tan rápido... ¡Un minuto antes estaba todo bien!... "¡Dios mío, es muy pequeño... solo tiene 8 años!", me decía a cada paso apresurado, y con cada pisada que daba en mi mente se repetían palabras suplicantes: "¡Por favor! ¡Por favor! ¡Dios, por favor! ¡Dios mío, por favor!...". Perdí la noción del tiempo y del espacio; la desesperación y la culpa me hicieron sentir que yo no valía nada y que me merecía todos los castigos del mundo. Me senté en el suelo golpeándome la cabeza con los puños... ¿Por qué lo solté? ¿Por qué no me pasó a mí?... Y por primera vez en mi vida sentí deseos de morirme ahí mismo sentado en el suelo.

Mi mente se bloqueó. No puedo recordar nada más de esa tarde, solo que fue hasta la noche cuando un policía me llevó de la mano de regreso a mi casa.

El teléfono sonó en la Dirección General de Personal de la UNAM. El jefe de la oficina levantó la bocina:

—¿En qué puedo servirle?

—Disculpe, ¿la señora Ofelia Téllez García se encuentra? —preguntó la voz de una señorita.

—Déjele un recado, está ocupada —ordenó el jefe.

—Mire... es un asunto muy delicado, soy trabajadora social de Traumatología, del Hospital 20 de Noviembre del ISSSTE, le llamo porque tengo a un pequeño aquí conmigo, me dio este número y dice que ahí trabaja su mamá, ¿se encuentra?

El licenciado suspendió lo que estaba haciendo.

—No, no está, pero yo soy su jefe, dígame qué ocurre por favor.

—Mire... ocurrió un accidente, desafortunadamente grave, el niño José Antonio Lozano Téllez fue atropellado y entró inconsciente al quirófano, está bastante delicado, tiene fracturada una pierna y fractura de cráneo, el conductor que lo atropelló está aquí detenido.

El licenciado se puso de pie y, alarmado, tratando de encontrar la mejor forma de ayudar, le respondió:

—Está bien... yo me encargo de avisarle.

—Otro favor —añadió la trabajadora—, no se lo diga de golpe..., apunte mi nombre y dígale que venga inmediatamente. Gracias.

El licenciado anotó el nombre de la trabajadora y minutos después, tras hablar con dos empleadas de su oficina, vio llegar a Ofelia del Kardex con los expedientes que le había encargado. Le pidió que se sentara y le explicó con tranquilidad, sujetándola por los hombros, la llamada que había recibido.

—No... no es verdad... ¿Seguro que es Antonio? Él es el más chico... —respondió Ofelia tratando de controlar el llanto mientras sus manos comenzaban a temblarle y una crisis nerviosa se apoderaba de ella. Movía la cabeza negando y finalmente perdió el control de su postura. Toda la oficina se enteró rápidamente de lo sucedido; sabían que estaba sola. Un grupo de compañeros se ofreció a llevarla al hospital.

Ella permanecía callada en el auto del licenciado, sentada en la parte de atrás, apretando fuertemente los puños mientras su amiga, la señora Martha Palacios, la abrazaba. Iban directo al hospital en silencio, a toda velocidad, nerviosas, preparándose para lo peor.

Mi madre todavía no sabía si mi hermano se salvaría, sin embargo, deslindó de toda responsabilidad al conductor del coche azul, quien estaba parado en la barandilla del Ministerio Público ubicado en el hospital.

—Además no se dio a la fuga, y yo no quiero hacerle daño a nadie —dijo mi madre con voz temblorosa—. Fue un accidente y nadie, excepto yo, tiene la culpa.

Después de hablar con los doctores, quienes le dieron un calmante, le explicaron que mi hermano había salido bien del quirófano y que estaba en terapia intensiva, estable, y que de haber algún problema la llamarían por teléfono, así que lo mejor sería irse a descansar.

—¿Y Arturo? ¿Dónde está? —le preguntó mi madre a Daniel.

—No sé, a lo mejor se fue para la casa —respondió mi hermano.

Mi madre llamó a mi tío Salomón por teléfono, después se despidió agradeciendo a sus compañeros de la oficina y salieron entonces de ahí para buscarme.

—¿Sabe dónde vive este niño? —preguntó al elevadorista el policía que me sujetaba.

El hombre me reconoció de inmediato y le dijo al uniformado en tono servicial:

—Sí... cuarto piso.

Yo lo conocía pues habíamos platicado alguna vez; al subir me miró como preguntando qué había sucedido, pero yo lo ignoré. El silencio durante el trayecto al cuarto piso fue un suplicio para mí. Al abrirse las puertas del elevador, ahí estaban todos en el pasillo: tíos, primos, mi abuela, mi madre y mi hermano, además de un señor de la Delegación de Coyoacán que había venido para "reconstruir los hechos", ya que todavía una persona permanecía detenida hasta que no se definiera la situación.

Caminé hacia ellos sin expresión y con los ojos hinchados esperando las malas noticias. Mi madre se dirigió al uniformado, que me llevaba de la mano. El policía le dijo señalándome:

—¿Lo conoce?...

Mi madre le explicó todo y le dio las gracias, me tomó del brazo y entramos en el departamento.

Mi abuelita y mis tíos me llenaron de preguntas. Yo sentía un gran nudo en la garganta.

—¡En dónde has estado! ¡Adónde fuiste, adónde!... —dijo mi tía, sujetándome por los hombros.

No le contesté porque ni yo mismo lo sabía, sentía que si empezaba a hablar estallaría en llanto y nunca más podría detenerme. Entonces mi madre se arrodilló frente a mí y me abrazó. Por fin lloré después de reprimir el llanto durante tantas horas, y lloré con una congoja tan grande que mi pecho no la podía contener. ¿Cómo está mi hermano? —pensaba mientras mi madre me abrazaba—... ¿Cómo está? Pero no me atrevía a preguntar. ¡Tenía miedo de preguntar! Respondí poco a poco a todos con la voz quebrada y entrecortada. Un rato después, mi tío me llevó a mi litera y me acosté tratando de descansar, pero fue en vano. Mientras ellos salían nuevamente al hospital, yo me quedé con mi abuela en la casa. Cansado, me acosté en la cama abrazando mi almohada. No quise lavarme las manos ni quitarme la ropa, y sentí entre mis dedos la sangre seca de mi hermano pequeño. En la cabeza me daban vuelta frases de preguntas mezcladas con ladridos de perros, ruidos de tráfico y gritos de personas. Las imágenes del suceso me obligaban a permanecer en vigilia, mis lágrimas se deslizaban mojando la almohada y tenía que voltearla constantemente para encontrar un lado seco.

Al sentir la claridad de la luz que se introducía por la ventana, advertí que estaba amaneciendo; había estado despierto durante toda la noche. Huelga decir lo que sentí durante esas horas angustiantes, pero el cansancio finalmente hizo de las suyas y me venció. Aún ahora, cuando han pasado los años, recuerdo perfectamente esa noche en vela con gran amargura en mi alma.

Sin embargo, pese a su estado de gravedad, mi hermano logró recuperarse. La única vez que lo vi en el hospital fue cuando nos escabullimos Daniel y yo de los vigilantes y fuimos hasta su cuarto; tenía la cabeza vendada y la pierna enyesada. Yo le tomé la mano, donde tenía el suero puesto, miré su cuerpo sudoroso y pensé que estaba dormido; pero no era así. Antonio se volvió, abrió los ojos espantado de estar solo con dolores que no entendía y gritó mi nombre. Daniel y yo no supimos qué hacer, ¡no teníamos permiso de estar ahí! Así que salimos corriendo, mientras mi hermano pequeño gritaba. Corrí escuchando mi nombre, que hacía eco en los pasillos y escaleras del hospital, rezumbando en mis oídos y en mi alma.

Después de tres semanas, un día domingo, mi madre lo trajo cargándolo de regreso a la casa. Era el más consentido del mundo, la familia le compró regalos y juguetes; su padrino Salomón, un pastel. Al verlo de lejos, me sentí feliz y fui directamente al baño, cerré la puerta y quise agradecerle a Dios, pero no sabía cómo hacerlo, así que simplemente me arrodillé junto al lavabo y con las manos entrelazadas le dije de todo corazón que estaba en deuda porque sabía que me había escuchado.

Afuera, alrededor de la cama, riendo y haciéndole bromas, todos estaban con mi hermano excepto yo. Él sólo los miraba y sonreía, contento de estar de vuelta en su casa. Salí del baño y lentamente me acerqué a la recámara y al grupo escandaloso. Nadie había notado mi ausencia. Toño volteó la cabeza hacia mí y me miró. Me aproximé a él y sus ojos color miel se llenaron de lágrimas cuando me incliné sobre la cama y recosté mi cabeza en su pecho. Cerré los ojos con fuerza, él pasó su mano sobre mi espalda y yo abracé su cuerpo despacio, con cuidado de no lastimarlo. Al hacerlo sentí el silencio y la mirada de todos, pero además sentí la luz, en mi cuerpo el abrazo y en mi corazón la presencia imponente de Dios.

Capítulo 3

Íbamos ocasionalmente a Tlaxcala a visitar a los abuelos y a los tíos, ya que mi madre, como la mayoría de las familias de allá, tenía diez hermanos. Todos al disgregarse se fueron de San Miguel, pero venían en las fechas importantes, por lo que las reuniones eran sustanciosas, principalmente los fines de año. Los tíos contaban chistes, se hacía el baile y se acostumbraba recitar el "Brindis del Bohemio". Los primos y hermanos jugábamos en los patios y los corrales de los animales.

Por entonces mis abuelos cumplirían 50 años de casados, por lo que se preparó un gran festejo. Sólo un hecho sobresaliente recuerdo de esa fecha. Pasada la medianoche, cuando mi hermano pequeño al que vigilaba desapareció, yo estaba en el patio y no lo vi, así que salí a la calle. Ya se había recuperado del todo; sólo usaba una gorra que le protegía la cabeza. Caminé hacia las tiendas a un lado del molino y fue ahí donde lo vi. Estaba hablando con un hombre que en ese momento no reconocí por la oscuridad, pero al acercarme me quedé paralizado...

Nicolás volvió la cabeza con una sonrisa falsa; estaba convenciendo a mi hermano, al hablarle de una manera amable y cordial, de que él era buena persona. Le preguntó si no quería que volviera a la casa con mi madre, le dijo que ya no la trataría mal. Mi hermano, que era muy chico, no supo reaccionar, así que se quedó callado, sólo asintiendo con la cabeza.

Yo había crecido lo suficiente para encararlo, y pensando que toda la familia me respaldaba en la casa, vencí mis temores y me acerqué a ellos para tomar a mi hermanito de la mano y llevarlo de regreso. Yo traté de caminar sin cojear, no iba a darle el gusto de verme todavía lastimado. Al aproximarme, me di cuenta de que se veía más viejo de lo que era realmente, estaba sucio y con barba. Con la mirada puesta en mí, me saludó como si nunca me hubiera hecho nada y quiso tocarme el hombro. Pero yo rechacé su brazo, al tiempo que lo encaraba:

—¡No vuelvas a tocarme! —le grité con fuerza, sosteniéndole la mirada.

Sorprendido, sonrió burlonamente, pero no contestó, como dándose cuenta de que ya no le tenía miedo. En el fondo yo sentía pánico, pero no iba a demostrárselo ni a dejar que hablara con mi hermano pequeño, a quien en más de una ocasión había golpeado con el cinturón por no querer comer. Así que lo tomé del brazo y le dimos la espalda para entrar en lo de mis abuelos. No le comenté a nadie el encuentro, y le dije a mi hermano que no saliera más de la casa.

El hecho de enfrentar yo solo a Nicolás hizo que algo en mí se transformara. Al ver jugar a mis primos de mi misma edad, me sentía diferente a ellos. Me entristecía observar que mis primos tenían a sus padres juntos y yo no, pero en cambio *sentí una madurez prematura que no me correspondía*. En ese momento yo tenía otras preocupaciones, y ellos, al parecer por su conducta, no tenían ninguna. Definitivamente, sentado observándolos, sentí tristeza por mí, por mis hermanos y mi madre, por la suerte que nos tocó vivir. A pesar de todo, aquel encuentro me ayudó mucho, porque empecé a recuperar la confianza en mí mismo.

Yo combinaba mis actividades escolares de la secundaria con el trabajo, ya que a mi madre, aunque trabajaba, no le alcanzaba el dinero. Comenzamos a trabajar entonces desde pequeños como cerillos, empacando bolsas en la tienda del ISSSTE, acarreando bolsas en el mercado y lavando coches los sábados y domingos por la mañana.

Recuerdo perfectamente el día más feliz de esa etapa, que fue un Día del Niño. No ocurrió nada en especial, solo que mi madre nos llevó al cine y al salir fuimos a comer hamburguesas y no le importó quedarse sin dinero. Yo me di cuenta de su esfuerzo y nunca olvidé su sonrisa al vernos felices.

Pero dentro de mí existía una gran inquietud cada vez que veía en la televisión una competencia donde se involucraban corredores. Otros nombres se quedaron en mi memoria, como Nadia Comaneci, Jesse Owens, pero principalmente quedé muy impresionado al saber que Abebe Bikila, maratonista etíope, corrió descalzo y ganó el maratón de Roma en 1960, y repitió su victoria en los Juegos Olímpicos de 1964 aun cuando fue operado quince días antes de la competencia.

Al paso del tiempo, llegó por fin el día en que pude correr. No aguantaba mucho ya que al avanzar sentía un dolor punzante en la rodilla izquierda, pero ¡qué más da!, al fin podía correr otra vez y no tendría que esconderme de nadie. Aunque mi pierna izquierda fue siempre más delgada y menos fuerte que la derecha, no importaba, empecé otra vez poco a poco.

Tomaba todos los fines de semana que podía el camión que pasaba por la avenida y me dejaba frente a los Viveros de Coyoacán. Muy temprano trotaba con mucha gente de todas las edades y realmente disfrutaba los fines de semana.

Comprendí que, para destacarse, no solamente había que sentir la inquietud por esa actividad, la vocación, también había que tener buena disposición física y, sobre todo, prepararse de una forma técnica, dedicando gran parte del tiempo todos los días. Yo, que sólo soñaba con competir, al verme sin apoyo y sin contar siquiera con un buen par de tenis especiales, además de considerar que mi rodilla no había quedado bien, tenía que conformarme con ser un corredor aficionado, como miles en este país. No se lo dije a nadie, pero dentro de mi corazón abandonaba con tristeza el sueño que había tenido desde pequeño de ser un gran corredor.

Llegó el día en que nos fuimos del "Multi" a vivir al sur de la ciudad.

A pesar de que abandonaba la idea de competir, lo cierto es que nadie me impedía hacerlo simplemente para disfrutarlo, y durante el bachillerato había ocasiones en que regresaba corriendo a mi casa, desde el CCH Sur del Pedregal —donde ingresé— hasta la colonia Alianza Popular Revolucionaria. Corría con tenis, playera y pantalones de mezclilla, con la mochila sujeta a la espalda. Iba por las avenidas esperando en los semáforos para pasar las calles muy transitadas, subiendo por puentes peatonales y acelerando en las avenidas largas. Al bajar una acera volvía la vista hacia ambos lados protegiéndome de los coches, me detenía y volvía a acelerar al ver mi paso libre y seguro.

Me gustaba —como cuando salía de madrugada en San Miguel— correr bajo la lluvia, aunque la gente me mirara. No me importaba lo que se pensara y dijera de mí porque yo hacía lo que más me gustaba. Amaba correr, y aunque mi pierna izquierda nunca se recuperó del todo, llegué a acoplarme con un estilo único, ya que le delegaba la responsabilidad del peso a la pierna derecha, de modo que la izquierda casi "flotaba".

Regresaba a la casa arrastrando los pies, subía las escaleras hasta el tercer piso, empapado de sudor, me quitaba la mochila de la espalda y me metía a bañar.

Correr era algo único, era darle rienda suelta a la imaginación, mi actividad preferida y solitaria, acorde a mi personalidad retraída. Era mi primer impulso matutino y, además, funcionaba como una terapia que aliviaba todos mis males. Podía correr enfermo ignorando la gripe o la tos, o podía convertirse en una terapia espiritual porque también correr me ayudaba a ordenar mis ideas, mis prioridades, mis sentimientos y objetivos. Podía correr de noche y disfrutar lo mismo en las madrugadas. Muchas veces lloré corriendo cuando al avanzar recordaba de qué modo un problema o sentimiento me abrumaba, y muchas decisiones en mi vida las tomé corriendo. Correr con un problema en la cabeza me ayudaba a encontrar la solución, gran parte de mi creatividad nació también de esa actividad. ¡Y correr con música era realmente como transportarme a otro lugar más agradable que la misma realidad! Al ritmo que escuchara, ¡aceleraba o me detenía, brincaba, corría...!

Conocí a Mario, un muchacho de mi edad a quien decíamos "el Totol", delgado, de cabello chino café. Mi hermano Daniel le puso ese apodo porque corría como un guajolote, cambiaba de dirección inesperadamente viendo de reojo a su perseguidor. La primera impresión que tuve de él fue un codazo en la nariz que me hizo sangrar y finalizar un partido de básquet en el que algo habíamos apostado. Yo siempre le decía que lo había hecho porque no podían ganarnos, pero él siempre lo negaba, aunque después fue siempre mi gran amigo.

Un día llegó a mi casa con una botella de ron blanco; su intención era que nos la tomáramos juntos. Mario, mi hermano Daniel y Leopoldo, un vecino, lo hicieron, se la tomaron haciéndole muchos gestos, aguantando con valor cada trago como si fuera una travesura. Yo los vi cambiar radicalmente. Ni siquiera se la habían acabado cuando Polo empezó a vomitar en el baño, Daniel a decir tonterías que no entendía y Mario a chillar con un llanto agudo que, más que dar pena, daba risa escucharlo. Esa fue la primera vez que vi los efectos del alcohol en mis amigos. Y como yo también estaba en ese círculo, llegó el día en que lo probé para tratar de detener de algún modo las burlas de las que era objeto por no hacerlo.

Al principio me dio mucho asco, me mareaba, y los efectos me hacían tambalearme y no poder sostenerme al caminar, o decía tonterías sin sentido. Pero después lo hicimos con regularidad, cada fin de semana al ir a alguna fiesta o simplemente en la casa donde escuchábamos música a todo volumen.

Entramos a un círculo de amigos que giraba alrededor de un equipo de fútbol que formamos. Empezamos a salir, a socializar y a juntarnos en banda con amigos y amigas. Fue entonces cuando yo comencé a probar y a sentir lo que era gustarle a alguien y el interés de las fiestas, por lo que teníamos que aprender a bailar a como diera lugar.

Mi novia se llamaba Liliana y era dos años mayor que yo. Hacíamos tremendo contraste, ya que siendo yo tan serio, ella era sin lugar a dudas la chica más popular. Ella misma fue la que me pidió que fuéramos novios, y me gustaba; así que un día que fue a chiflarme en la ventana de mi casa, bajé del edificio, caminé hacia ella y, después de discutirlo un poco, me convenció, o me dejé convencer y le dije que sí. Fue gracioso que ella tomara la iniciativa.

Mi hermano Antonio empezó a trabajar en el barrio de Tepito vendiendo fayuca. Precisamente, un representante popular de ese barrio era nuestro vecino en el edificio; de modo que mi hermano, que se juntaba con su hijo Javier, de su misma edad, al convivir en su casa y en la nuestra inevitablemente conoció a sus padres, quienes le pidieron permiso a mi madre para que los ayudara a vender los fines de semana.

A Javier, el vecino —pese a que tenía su negocio propio y que sus padres tenían bastante dinero— le gustaba tomar las cosas que no eran suyas; lo supe porque una vez le vi puesto un anillo que reconocí de inmediato y que pertenecía a mi mamá. No había otra explicación que no fuera que él, en un descuido de mi hermano, se hubiera metido en la recámara y lo hubiera tomado del tocador de mi madre, quien no estaba porque trabajaba todo el día. Yo se lo reclamé, y al verse descubierto, me dijo que no le dijera a nadie y que no lo volvería a hacer, que se lo había puesto nada más para ver cómo le quedaba pero que se le había olvidado quitárselo. Por supuesto, no le creí; y no solo lo regañé, sino que le advertí que no volviera a entrar en mi casa.

Después me enteré por mi hermano que Javier le había robado no solo a su mamá dinero en efectivo del clóset donde lo escondía, sino también a su hermano Ricardo las llaves de los candados de su puesto en Tepito. Se había metido a escondidas y se había llevado toda su mercancía, que era ropa cara, aparatos y cosméticos. Lo había dejado sin nada. Sus padres se enteraron pero no lo castigaron, sólo le hicieron devolver lo que había sustraído.

Daniel, por su parte, se juntaba mucho con Jorge, hermano de Mario, quien se la pasaba todo el día con su novia, Luz María. Desde temprano se veían en su casa, y al regresar su hermana mayor, se iban a nuestra casa o se quedaban afuera hasta muy tarde.

Mi hermano iba mal en el bachillerato, o más bien casi ya no iba… A él fue a quien más duro le afectó el alcohol, ya que se embriagaba invariablemente todos los fines de semana. A mí me daba pena que lo viera mi madre así, porque mi hermano era bueno en la escuela y no solo eso, era de los mejores jugadores del equipo que teníamos. Además no era mal parecido, de modo que las chiquillas lo buscaban mucho y se peleaban entre ellas por andar con él. Así pues, en sus andanzas con Jorge y sus amigos los fines de semana, varias veces tuve que ir por él a la Delegación de Coyoacán por faltas administrativas, después de ser detenidos por una patrulla y recluidos en celdas por estar tomando en la vía pública.

Un día llegó Liliana muy temprano y fue a tocar la puerta de mi casa. Me dijo que no había ido a la escuela porque tenía ganas de verme. Yo la dejé pasar. Llovía y hacía frío. Me hizo el desayuno, trajo por una cobija de mi recámara y nos sentamos en la sala a ver televisión.

Liliana, además de tener un cuerpo hermoso, era una chica que mostraba independencia: morena clara, de labios gruesos y cabello largo, era asediada por muchachos más grandes que la invitaban a salir pero por alguna razón ella me prefería a mí. En el grupo de amigos de la colonia era la más popular —como ya dije— y estaba presente en todas las fiestas pues era muy sociable. Como yo era todo lo contrario, para mí era como un orgullo que me buscara habiendo muchos mejores que yo, y que le ofrecían más. La codiciaban y yo no tenía nada que ofrecerle más que a mí, mi compañía, mi abrazo y mi presencia. Ella tal vez sentía mi ternura, porque me decía que yo era como algo que debe cuidarse, que no debe lastimarse.

Sentados en la sala nos recostamos y tapamos con la cobija. Ella se inclinó sobre mí y yo vi la punta de su lengua asomando entre sus dientes; sus labios sonrieron con una expresión maliciosa. Tuve ahí mismo la sensación de que ella estaba esperando que algo sucediera.

Como cualquier otro muchacho de mi edad inexperto, no supe reaccionar adecuadamente; quise preguntarle qué quería que yo hiciera, pero ella me dijo casi susurrando: "Shhh... cállate y cierra los ojos... déjame tocarte...". Ella tocaba con su mano izquierda mi entrepierna. Obedecí y cerré los ojos. Me sentí apenado por su iniciativa, pues pensé que debía llevarla yo, pero la realidad era que aquella chica me dejaba pasmado, su acción era muy atrevida y me sentí torpe e incapaz de rechazarla.

Sentí su pecho apretándose en mí, la sentí retorcer su cuerpo sobre el mío y sin más comenzó a desatarme el cinturón. En ese momento yo la detuve espantado, sujeté su mano y me quedé inmóvil por unos segundos; pero después la solté suavemente, pensando que ella sabía lo que hacía. Traté de relajarme y empecé a disfrutarlo.

Después de un rato abrí los ojos y la vi manipularme. Con sus manos me asía apretadamente, luego con una mano desabrochó su pantalón sin soltarme. Lo hizo rápido y se desnudó de la cintura para abajo. Levantó una de sus piernas para sentarse encima de mí y nos acomodamos de una manera apurada, con el temblor y el nerviosismo de la inexperiencia.

Ella me tomó con delicadeza en mi entrepierna y apuntó hacia ella. Con su otra mano trató de abrirse ella misma. Pasaron entonces unos segundos de frustración. Cerró los ojos y respiraba agitadamente, como si estuviera corriendo. Se desesperó porque pasara algo. Yo trataba de ayudarla pero francamente no sabía cómo; sin embargo abruptamente la entrada dio paso y ella pegó un grito que me hizo brincar.

Estaba perplejo y me sentía aturdido al estar siendo calentado por ella, porque estaba literalmente adentro de ella. Poco a poco comenzó a moverse rítmicamente despacio, sentí un placer diseminarse por todo mi cuerpo. Creí por un momento imposible soportar el masaje que estaba recibiendo. No creí aguantar el hormigueo y la vibración que iba en aumento. De pronto ella se detuvo y, con un movimiento, se estrechó. Me sentí absorbido totalmente por ella haciendo crecer más y más el placer, hasta que llegó el momento en que fui yo quien comenzó a moverse, y lo hice a tal punto que el placer creció dentro de mí hasta que hizo explosión. Me detuve, no pude seguir más. Mi cuerpo se convulsionó por unos segundos. Fue como un estallido suave que me hizo estremecer. Ella dejó de jadear y, arqueando la espalda, también se detuvo. Eso fue muy bueno pues yo había estado a punto de detener su movimiento, dado que en ese instante ya no podía soportarlo. En mi ignorancia comprendí que ella estaba sintiendo lo mismo que yo y que debía ayudarla, pero entonces se desplomó encima de mí. Descansamos unos segundos mirándonos frente a frente, sin creer todavía lo que habíamos hecho.

—¿Te gustó?... ¿Podemos hacerlo otro día? —susurró.

"¿Es que puede hacerse otra vez?", pensé estúpidamente, como sintiendo que ese acto estaba reservado para los seres humanos solo una vez en la vida.

—¡Claro... Y si se puede, todos los días! —respondí.

No me resistí esa vez ni ninguna vez subsiguiente, y cada experiencia fue igual o más intensa que la primera. Lo hicimos innumerables veces durante casi un año, siempre que tuvimos la oportunidad. A cualquier hora del día. Los dos aprendimos a disfrutarnos el uno al otro, y aunque éramos inexpertos, yo no quise hacerlo nunca con otra persona que no fuera ella para aprender más. Así que al paso del tiempo aprendimos juntos e inventamos nuevas y variadas posiciones, y en cuanto a un embarazo, me convenció de que aprendería a cuidarse. Así que no vi ningún impedimento y dejé a ella el problema de no embarazarse.

Liliana y yo hicimos ese día el acto de amor de una manera natural pero totalmente irresponsable. *Yo nunca recibí orientación al respecto*, ni tampoco lo había hecho antes. Y aunque yo no lo sabía, ella tampoco lo había hecho antes de esa vez. Supe más tarde que la sangre que le había salido era por la ruptura de su himen. No lo hubiera creído en ese momento pues pensaba que ella tendría al menos alguna experiencia anterior; pero no fue así, y me sentí halagado al saberlo por el hecho de haber sido entonces para ella el primer hombre, ya que para mí ella era la primera mujer en ese aspecto. *La falta de comunicación que debe existir y que es responsabilidad de los padres para con los hijos no existía y las consecuencias estaban a la vista,* porque Daniel hacía lo mismo que yo, y un día durante el desayuno nos dio la noticia de que se casaría con Luz María porque estaba embarazada. La noticia entristeció a mi madre y la desaprobó, pues eran muy jóvenes para tanta responsabilidad.

Sin embargo, ese día llegaron el padre de Luz, su madrastra y su hermana mayor para ponerse de acuerdo en la boda civil; pero se quedaron la mayor parte del tiempo callados. Cenaron y después de fijar una fecha y de ponerse de acuerdo en dónde vivirían, se fueron, mientras yo permanecía con Toño en la recámara. Mi madre se puso triste esa noche. No quería que Daniel se fuera de esa forma; ella hubiera preferido que terminara el bachillerato y una carrera corta por lo menos antes de enfrentarse a las responsabilidades del matrimonio y de criar a un hijo. Daniel se casaba sin tener siquiera dónde meterse para vivir. Yo, que conocía bien a mi hermano, lo vi cambiar. Se descuidaba, y comenzó a subir alarmantemente de peso. También se volvió violento y sentía que le llamaba más la atención salir a tomar con sus amigos que estar en la casa con su esposa, a quien no dejaba ni asomarse por la ventana.

Dos semanas después, tras casarse por lo civil, se fue no muy lejos —al edificio de enfrente— a vivir con su esposa. Y unos meses más tarde, un día llegó cargando a su hijo. Le puso "Daniel" por iniciativa de su esposa, Luz María, y mi hermano se veía feliz. Era muy joven para ser padre. "Le iba a poner Sócrates, pero su mamá no quiso", dijo sonriendo. Mi mamá lo tomó en brazos y lo besó muchas veces, también feliz de ser abuela.

Pero el matrimonio no cambió en nada a Daniel; seguía comportándose como si fuera soltero. Siempre estaba con su amigo Jorge, quien le chiflaba desde afuera del edificio donde vivía con Luz y se iban a los partidos, y luego a las fiestas a tomar alcohol.

Una madrugada llegó corriendo Mario a tocar la puerta de mi casa, agachándose para esconderse no sé de quién. Abrí la puerta y me dijo:

—Agáchate, güey, los polis le están pegando a tu carnal.

Yo miré hacia el estacionamiento y vi a Daniel en una banca agazapado, recibiendo numerosos macanazos de unos policletos que lo habían encontrado adentro de un coche, en completo estado de ebriedad, tratando de quitarle el estéreo.

Bajé lo más rápido que pude. Mario me seguía. Llegué cuando un poli le atizaba a mi hermano en las piernas y en el cuerpo. Se le hizo fácil golpear a mi hermano porque estaba muy tomado, mientras los otros dos le ayudaban.

Con el impulso de mi carrera derribé al que le pegaba pues era chaparrito, mientras que Mario se enfrentaba a los otros dos que, sorprendidos, se echaron a correr dejando a nuestra merced al que golpeaba a mi hermano.

Mario aludía a ellos como "unos macuarros" porque eran provincianos, morenitos, sin educación. Nunca iban armados, solo llevaban su macana y, según ellos, vigilaban. Pero nosotros, que conocimos a algunos, sabíamos que algunas veces desvalijaban los coches y algunos otros eran marihuanos, porque a veces querían vendernos. Nosotros, al estar tomando en las bancas, no les hacíamos caso cuando nos pedían que no hiciéramos relajo, pero se cansaban y optaron finalmente por no molestarnos cuando pasaban sonando su silbato.

Yo no le dije nada, simplemente le quité la macana y le pegué con ella de la misma forma que él le había pegado a mi hermano. Le di con fuerza, con coraje.

—¡Debió detenerlo simplemente y no pegarle!

Mario tuvo que agarrarme para que no lo siguiera golpeando; levantó la macana y la gorra del policía del piso, mientras yo ayudaba a mi hermano a levantarse. Estaba ebrio pero reaccionó, le quitó la macana a Mario y se dirigió al policía tirado en el suelo. Lo golpeó también en la cara y en el estómago, mientras yo volví la cabeza hacia el edificio donde vivíamos: muchos vecinos comenzaban a asomarse… Jalé del brazo a mi hermano y nos fuimos a toda prisa de ahí, dejando en el suelo al vigilante ensangrentado, con el estéreo robado en el piso junto a él.

Entramos al edificio y, al llegar al tercer piso, nos metimos en el departamento justo cuando una veintena de policletos ya estaban revisando la zona, entre los arbustos, buscándonos por si estábamos escondidos. Llegó también una patrulla y subieron al policía herido, llevándoselo de inmediato con la sirena encendida. Nosotros nos quedamos espiando por los resquicios de las cortinas temerosos de que algún vecino saliera a delatarnos. No salimos sino hasta el otro día.

Nadie nos delató, tal vez pensando que tomaríamos represalias. Sabiendo que mis hermanos y yo nos juntábamos en numerosa banda, tal vez preferían no meterse en problemas con nosotros. Meses después, en una plática, nos enteramos de que ese vigilante murió por los golpes recibidos, sin imaginar siquiera que nosotros éramos los responsables.

Me di cuenta del daño que le produjo a mi familia la falta de una dirección y un brazo fuerte y disciplinado que fuera la base de nuestras acciones y nuestro comportamiento. Las consecuencias de estar a la deriva iban más allá de tener una infancia triste, *repercutían en todo momento, en los tres hermanos y de la misma forma*, porque los problemas continuarían sin cesar.

Mi hermano pequeño fue detenido por la policía judicial. Avisaron por teléfono. Su amigo Javier había entrado en un departamento vecino robándose una importante cantidad de dinero en piezas de oro. Al realizar las averiguaciones, y luego de varios meses de investigar, la policía detuvo a su amigo Javier. El problema fue que él le había dado a mi hermano a guardar algunas joyas en la casa, y mi hermano, sin medir las consecuencias, había aceptado: las tenía escondidas en un closet y se las devolvía a Javier mientras él vendía poco a poco su lote en el mercado de Tepito.

Los judiciales lo esperaron afuera del edificio, en el estacionamiento. Al llegar de la secundaria lo detuvieron y se lo llevaron a la Delegación. El Ministerio Público había ordenado su detención, pues Javier había dado su nombre y dirección; lo había involucrado sin pensarlo, sin considerarlo, cobardemente. Así pues, mi hermano estaba detenido, con su uniforme de la secundaria y su mochila, mientras mi madre, sin recursos, abogaba en vano tratando de liberarlo.

Todo se complicó de una manera increíble porque en la casa estaba Luz María con su hijo enfermo. Mi madre se enojó:

—¿Por qué demonios no te has ido al hospital? ¡Está ardiendo este niño! —gritó.

Luz salió de inmediato al hospital con el bebé en brazos, mientras nosotros nos quedamos para buscar a la familia de

Javier. Hablamos con sus padres, quienes nos dijeron que les pedían mucho dinero para soltarlos, a Javier y a mi hermano, eso sin considerar que era necesario retirar los cargos que pesaban sobre ellos. Y lo más estresante era que si pasaban tres o cuatro días más, los enviarían al Tutelar de Menores, donde sería más difícil sacarlos y tal vez no saldrían, o pasarían años de encierro hasta cumplir la mayoría de edad.

No era dinero lo que demandaban los agraviados, sino la afrenta y el valor sentimental de sus joyas familiares, por eso era muy difícil que retiraran los cargos. Y aunque mi hermano no era un ladrón, estaba terriblemente comprometido como cómplice y su suerte sería igual a la de Javier.

Mi madre decidió buscar al matrimonio para explicar la situación de su hijo. Yo fui con ella, pero antes me encontré con Lili y, rápidamente, le conté lo que estaba sucediendo. A cambio, y para agravar las cosas, me dijo que estaba buscándome desde hacía dos días porque en un descuido había quedado embarazada. Sentí que me iba a caer, pero por supuesto traté de no perder la compostura y no dije nada en ese momento. *Ese era el pilón de toda la situación*; sólo bajé la cabeza y le dije que hablaríamos después. Ella percibió mi alarmante preocupación y se quedó inmóvil. El mundo se me venía encima… ¿A quién recurrir?... Alcancé a mi madre para buscar a aquellas personas.

Sentados en la sala del matrimonio al que Javier había robado, conocimos el sentir de esa familia. Las joyas sustraídas habían sido malbaratadas por la décima parte de su valor. Era imposible recuperarlas porque habían sido vendidas en la calle. Mi madre abogó por mi hermano con lágrimas en los ojos y explicó que él no había robado, sólo había guardado las cosas sin pensar, como un favor para su amigo, y que sólo saldría libre si eran retirados los cargos que pesaban sobre Javier. Les pidió que aceptaran el dinero que los padres de Javier les habían ofrecido para reponer económicamente el valor de lo robado, pero no aceptaron; querían un castigo ejemplar para ese muchacho. Lo malo era que arrastraría con él a mi hermano. Después de un par de horas de tratar de convencerlos y soportar el carácter fuerte del señor, salimos de ahí sin resultado alguno, sin esperanza. Acompañé a mi madre de regreso a la casa sin saber cómo ayudarla, pues sobre mí también pesaba el problema de cómo resolver el asunto del embarazo de mi novia.

Empezaba a llover ligeramente cuando encontramos a mi hermano Daniel camino del edificio; él había salió a buscarnos al no encontrarnos en la casa. Se nos acercó descompuesto, lentamente y sin preámbulos y, fríamente, le dijo a mi madre, casi susurrando, que su hijo se había muerto en una complicación.

Por un momento todo y todos desaparecieron alrededor de mí. El vértigo casi me hizo caerme. La sorpresa fue grande. La noticia, apabullante, fue como para derrumbarse por completo. No supimos qué decirle y no fue necesario hacer preguntas ni aclaraciones o reclamos. Era un hecho consumado y no había nada que hacer, en su rostro estaba dicho todo. Expresaba un dolor reprimido, por lo que las palabras sobraban. Ninguno de los dos dijo nada y yo no quise preguntar tampoco, me fui detrás, solo, mientras ellos caminaban abrazados.

La lluvia se hizo más intensa. Llegamos los tres a la calzada para dar la vuelta en el edificio. Daniel se detuvo junto a un teléfono público, desvió su camino y recargó su pecho en un auto estacionado, con las manos metidas en los bolsillos del pantalón. Comenzó a llorar pegándose la cabeza en el cristal de la puerta. En ese momento vi a Liliana acercarse a nosotros, quería hablar conmigo, pero yo le dije que en ese momento no podía. Se quedó parada frente a nosotros, mientras mi hermano lloraba con dolor. De pronto se volvió hacia nosotros y se desmoronó. Permanecí quieto, impotente, mirando a mi hermano recargado en aquel coche escabullirse poco a poco hasta el piso, sin importarle que lo vieran llorando.

Mi madre se inclinó frente a él queriendo consolarlo, tratando de hacerse fuerte para confortarlo; pero era inútil su esfuerzo. Liliana me abrazó por la espalda y permanecimos unos minutos mirándolos, sin decir nada. La oscuridad nos envolvía alrededor. La lluvia arreciaba y seguía cayendo sobre nosotros. Lili quiso acercarse pero se lo impedí, no quise interrumpir su desahogo. Al mirarlos quedó grabada en mi mente para siempre su imagen en esa noche. La silueta de mi hermano Daniel y mi madre llorando, empapados por la lluvia, abrazados en el suelo de la calle.

Capítulo 4

Lourdes, la esposa del señor Manuel, fue quien lo convenció —o debo decir "ordenó"— a su esposo cambiar de actitud después de conmoverse con las lágrimas y los argumentos de mi madre. Simplemente no pudo conciliar el sueño y fue al día siguiente con su esposo para retirar los cargos en contra de Javier, únicamente para que pudiera salir Antonio. La suerte estaba del lado de Javier, a sus padres solo les restaba restituir económicamente el monto de lo robado, aparte de entregar también una importante cantidad a los comandantes de la policía judicial. Así fue como mi hermano salió libre después de estar "desaparecido" esos días, y gracias al esfuerzo que mi madre hizo regresaba a la casa para enterarse de la muerte de su sobrino. Este suceso lo hizo madurar y darse cuenta de que toda acción trae sus consecuencias, es decir, *lo aprendió solo y por el lado más difícil,* así como aprendió solo muchas otras lecciones que le dio la vida.

—¿Por qué lo hiciste? ¿Por qué no me esperaste? —le reclamé mientras ella bajaba la mirada.

—No quería darte más preocupaciones... —respondió Liliana.

—No tenías derecho...

Liliana me confesó su decisión de abortar al verme lleno de problemas, que inventó la historia de unas vacaciones con sus amigas y consiguió prestado dinero. No quería involucrarme en nada porque, decía, era su responsabilidad. Yo me molesté y le grité ofuscado, pero ella se fue, dejándome ahí parado...

Me hizo mucha falta en esos días, y el hecho de que no hubiera tomado en cuenta mi opinión en algo tan delicado me molestaba. No supo nunca que yo estaba dispuesto a enfrentar las consecuencias como fuera, de trabajar para ella, de hablar con mi madre y con sus padres. Pero ella tomó la decisión sin mí, la más cómoda para ella y para todos, y aunque no quiso tener a mi hijo, debió discutirlo primero conmigo. Se sintió herida con mi reclamo y simplemente tomó la decisión de terminar conmigo e irse para siempre. Jamás pude encontrarla después, porque se fue a vivir con sus tías y sus hermanos nunca quisieron decirme adónde.

Intenté olvidarme de ella saliendo con Mario y tratando de salir más a fiestas con la idea de conocer a otras chicas para olvidarme de todo. Conocí y tuve muchas más, de una noche, de una semana y hasta de varios meses, incluso tuve a más de dos a la vez, pero me sentía vacío. No sabía yo, en mi inmadurez, que al engañar a una novia con otra me estaba engañando a mí mismo. Liliana se fue y ni el paso de los años pudo hacer que me olvidara de ella; aunque tuviera otras, siempre pensaba que ella era la mujer que yo necesitaba para ser feliz, para formar una familia.

Al igual que mi hermano mayor, me importaba un cacahuate la escuela; me gustaba más andar en la calle. Así fue como descuidé mis clases y tareas, por lo que terminé el bachillerato debiendo más de quince materias. Por otro lado, Daniel estaba estancado en la preparatoria y a mi otro hermano, Antonio, no solamente le iba mal, sino que se fue de la casa varias veces y terminó dejando definitivamente la secundaria. Lo encontré un día en una discoteca donde trabajaba; ahí vivía, dormía sobre una cobija en el piso; traté de convencerlo sin resultados. Aunque regresó, él ya no quería estudiar; quería trabajar y olvidarse de las clases. Esta deserción escolar era el resultado de que no hubiera control alguno. Ofelia simplemente no podía con nuestra adolescencia. Dábamos prioridad a otras cosas, triviales, a los amigos, a las fiestas, y evidentemente nos perfilábamos para ser no solo alcohólicos o drogadictos, sino también malvivientes.

En nuestras visitas a Tlaxcala, en alguna fiesta o reunión familiar me daba cuenta de que el tema principal a discutir eran los hijos. Mi madre y mis tías en la cocina de la casa platicaban escandalosamente cuando íbamos a visitarlas, las graduaciones eran continuas, mis primos crecían en un ambiente totalmente distinto al de nosotros; sano, lejos de los vicios y de las malas compañías, *junto a sus padres que los guiaban y estaban pendientes de ellos.* Uno de mis primos más sobresalientes era doctor y acababa de abrir su propia clínica; otro era arquitecto; una prima, dentista; y los diplomas y las graduaciones eran los temas de conversación y las invitaciones constantes, cuestión por la que mi madre se resentía; se quedaba callada porque no quería decir que nos iba mal en la escuela, y menos que éramos alcohólicos a pesar de nuestra edad, o que en lugar de estudiar preferíamos estar en la calle e incluso de noche, cuando ella regresaba del trabajo, nosotros todavía no estábamos en la casa.

—Mi hijo César abrió por fin su clínica, se ayudaron entre todos los hermanos, es muy completa.. —dijo Carlota a mi tía Isabel mientras mi madre calentaba las tortillas para comer—. Isaac está trabajando ya en un proyecto importante para el gobierno y Lupita se gradúa este año —aseveró luego.

—Pues Luis pasó su examen profesional y trabajará como Ingeniero Geofísico —contestó Isabel mientras servía la comida.

Ofelia se apartó. En las visitas y reuniones, las tías, inconscientes de sus comentarios, muchas veces la lastimaban, porque le recordaban que sus hijos no habían logrado nada, Entonces ella se deprimía y se quedaba callada.

Un coraje terrible se apoderó de mí ese día cuando, al ver a mi madre llorar disimuladamente enfrente de mis tías por esa causa, tomé conciencia de la situación. Había escuchado los comentarios de las tías sobre sus hijos pues estaba cerca, en la sala. Luego me acerqué y comprendí todo.

No quise comer, salí al patio y caminé durante varios minutos pensando la forma de actuar. Me senté sobre unos ladrillos y pensé: "No... no hay alternativa...". Me incorporé y caminé otro poco. Finalmente tomé la decisión por ella. Me prometí en voz alta que desde ese día me esforzaría al máximo en la escuela, que aprobaría en el menor tiempo posible las materias que debía. Aprovecharía la oportunidad del pase automático a la facultad. No habría otra actividad más importante que esa, aunque trabajara. Me prometí que entraría a la universidad para estudiar una licenciatura, que no iba a reprobar ninguna materia desde que entrara y que le dedicaría mi graduación. Mi deseo era regalarle a ella un diploma y una charola cuando terminara para que no la dejaran callada.

No era fácil lo que estaba decidiendo; en esos breves minutos mentalmente renuncié a la vida que tenía y a la que estaba acostumbrado. Me irían a buscar muchas veces pero yo no podría salir a estar solamente perdiendo el tiempo en la calle. Iba a ser muy difícil lograrlo pero... ¡estaba bien!, lo haría únicamente por ella. "Ahora te friegas", pensé. Comprendí que tendría que esforzarme durante unos cinco años para cumplir esa promesa, pero valía la pena, para verla sonreír, para verla feliz, para que ella estuviera orgullosa, así como mis tías de sus hijos.

Después de discutirlo con mis amigos Mario y Víctor, ellos me apoyaron:

—Bien, cabrón, bien pensado, nadie de aquí ha logrado entrar a la licenciatura— —dijo Mario.

—Pero necesitas aplicarte, tienes que dejar a un lado la calle y echarle ganas —agregó Víctor dándome un golpecillo en el hombro.

Así que desde esa semana me concentré en estudiar para aprobar las materias que debía. Tuve que hacer a un lado novias, fiestas y parrandas con mis amigos para terminar el bachillerato y ponerme al corriente para ingresar a la facultad. Corría todos los días en la mañana y después preparaba mis exámenes extraordinarios a conciencia, estudiando solo en la casa, leyendo, caminando y repitiendo lo que acababa de leer para que no se me olvidara. Aproveché todas las oportunidades que me dio la escuela y avancé sin fallar. Estudiaba con la motivación increíble de ofrecerle ese regalo a mi madre; así, cada vez que me cansaba o desesperaba, recordaba sus lágrimas y su silencio frente a mis tías y volvía a los libros sin descanso. Además, para ayudarla con el gasto, empecé a combinar estas actividades con el trabajo en un taxi por las noches.

Nuevamente se repitió el mismo patrón de errores y de conducta, y mi hermano Antonio repitió la hazaña de mi hermano Daniel y la mía. Un día llegó una señora muy enojada junto con su esposo buscando a mi hermano. Le dijo a mi madre que mi hermano había embarazado a su hija Verónica, de solo 16 años, y que tendría que reparar el daño casándose con ella. Era una idea descabellada porque mi hermano era un verdadero irresponsable, y ni siquiera era mayor de edad. Aún así, y con verdadero pesar, mi hermano Antonio se casó por lo civil con el consentimiento de ambas familias.

Me di cuenta de un hecho importante: la misma conducta violenta de nuestro padrastro también se manifestaba en ellos, en sus matrimonios, y eso me dio miedo a mí porque yo no quería ser igual que ellos. Mis dos hermanos eran violentos con sus esposas, les pegaban y las maltrataban sin pensar. Luz María optó por pedirle el divorcio a Daniel después de que la golpeara en estado de ebriedad. Un día llegó a la casa con el rostro hinchado para hablar con mi madre del divorcio. Mi hermano le pegaba casi sin motivo, por celos e inseguridad, y terminó por fracasar en su matrimonio.

Mi primer empleo fue a los 17 años. Todos los días salía a trabajar a la hora que llegaba mi madre de su oficina en las tardes. Al oscurecer, transformaba el VW Sedán blanco 1976 en el que ella se transportaba. Le colocaba en el techo al frente un copete que decía "taxi" con un desarmador y rotulaba las puertas con cinta plástica negra para aislar. El coche no tenía placas de taxi; circulaba con un amparo, por lo que podía prestar el servicio como taxi tolerado, y por eso preferíamos que circulara de noche para no tener problemas con Servicios Públicos, que era la institución reguladora de los taxis que circulaban en la ciudad de México.

Todas las madrugadas llegaba a la casa y colocaba las ganancias en una taza de la vitrina del comedor; me quedaba con lo justo para pasajes y comidas cuando necesitaba ir a la escuela y me iba a dormir después de tocar la puerta de la recámara de mi mamá tras avisarle que ya había llegado. Manejaba cerca de seis horas diarias, por lo que llegaba entre las dos y tres de la mañana y me preparaba para el siguiente día. Entretanto, Daniel consiguió trabajo en la misma oficina donde trabajaba mi madre: la Dirección General de Personal de la UNAM; entró a través del sindicato y ocupó una plaza como administrativo. Así fue como los dos empezamos a apoyar los gastos de la casa.

Pero ese hecho de apoyar con dinero, *cuestión que le corresponde al jefe de familia*, me orilló a un peligro que casi me hizo perder la vida. Cerca de cuatro meses después de trabajar por las noches, me sucedió algo poco común que me hizo tener miedo de salir a trabajar.

En la madruga de un martes, dispuesto a regresar a la casa porque estaba cansado de manejar, en un cruce vi de lejos a una persona que se dirigía hacia mí. Yo estaba detenido por la luz roja del semáforo; él se acercó trotando hacia el taxi, haciéndome señas. Vi mi reloj: las 2:13 A.M., me encontraba muy al norte de la ciudad y estaba cansado, así que decidí que ya no lo iba a subir si pedía un viaje.

Llovía ligeramente y más de cerca, me percaté de que estaba uniformado como policía. Traía una chamarra negra y el uniforme azul. Estaba oscuro y se acercó a mi ventana. En ese momento se puso la luz verde, pisé el embrague y metí la velocidad. Estaba dispuesto a irme cuando, de repente, él sacó una pistola grande. Le vi el rostro a ese hombre visiblemente en estado de ebriedad. Me quedé quieto por un segundo y traté de bajar la ventanilla, mientras él más que gritar, balbuceaba: "Bájate, bájate...", golpeando levemente el cristal de mi puerta con el cañón del arma. Hasta el día de hoy no entiendo mi reacción. Duró menos de un segundo lo que hice sin medir las consecuencias de mi acto, pues si hubiera entregado el coche tal vez no habría arriesgado mi vida tan estúpidamente. Pero no hubo tiempo de reflexionar y lo que hice en ese instante fue acelerar y avanzar rápidamente haciendo rechinar un poco las llantas del coche.

"Pum... pum... pum", escuché disparos graves, sordos, y por el espejo lateral de mi puerta vi en la oscuridad la silueta de aquel hombre que me disparaba, así como los destellos que salían del cañón del arma que me apuntaba. No me sentí herido, y a medida que avanzaba los pies me temblaban sin control.

Salí ileso, ninguna bala me alcanzó. Manejé a toda velocidad para alejarme de ese sitio. No podía controlar mi nerviosismo y tampoco podía controlar mis pies en los pedales, porque me temblaban de miedo. Aún así llegué a mi casa después de media hora con los cristales del coche rotos por los disparos. Estacioné y vi desde abajo a mi madre esperándome en el balcón del edificio. Le hice una seña y se metió a la casa. A veces ella salía a esperarme preocupada cuando tardaba demasiado, y era suficiente verme llegar en el coche para poder ir a dormir tranquila.

Permanecí unos minutos abajo tratando de recuperarme, ordenando las ideas, pensando lo que iba a decir para no preocupar a nadie. Tal vez si no se hubieran rotos los cristales no diría nada, ¡pero los hoyos de las balas no podría ocultarlos! Traté de limpiar un poco los asientos quitando los vidrios rotos. No tenía otra opción más que decir la verdad, no había otra salida.

Tendría que contar a mi madre lo que me había pasado pues tampoco podía ocultar el coche diciendo que se había descompuesto por ahí, pues ya me había visto llegar; así que traté de encontrar la mejor forma de decírselo... ¿O dejaría que ella misma se diera cuenta? No lo sabía. Sea como fuere, me dije, no será hasta en la mañana.

Con sorpresa advertí que por lo menos cinco disparos habían roto el medallón y los cristales laterales. También detecté agujeros en la puerta del conductor, y un disparo que de no haber sido obstruido y desviado por el poste —parte de la puerta y del marco del vidrio de atrás, donde se dividen los dos cristales— me habría dado en la cabeza o en alguna parte del cuello. Lo supe tras permanecer en silencio unos minutos observando ese hoyo, examinándolo con cuidado y calculando el ángulo del disparo para determinar en dónde me hubiera pegado: se había desviado milagrosamente unos centímetros.

Me dirigí al edificio con lentitud. "Tal vez hoy habría muerto estúpidamente, tuve mucha suerte de que no me pasara algo...", pensaba, "sin embargo... aquí voy caminando a mi casa, y si no fuera por esos centímetros de metal que desviaron la bala, estaría muerto por una verdadera tontería".

Mientras subía las escaleras dije en mi mente: "Gracias, Dios, por haberme cuidado". Cuando entré al departamento, puse las cosas en la mesa y me dirigí a la recámara de mi madre, abrí la puerta y me incliné sobre ella susurrando:

—Ya llegué, estoy bien... ¿Me escuchas?.. Estoy bien.

—Sí, vete a dormir ya —respondió.

Saliendo de su cuarto, sentí el dinero en el bolsillo de mi pantalón y me dirigí al comedor a dejarlo donde diariamente depositaba mis ganancias. Saqué varios billetes y sentí que ese dinero era insignificante; la idea de podía estar muerto por haber salido a ganar ese mismo dinero me daba escalofríos.

Yo no dije nada esa noche porque no quería preocupar a nadie, preferí dormir y que al siguiente día se dieran cuenta solos; pero no pude conciliar el sueño hasta que empezó a amanecer, sabiendo que en la mañana Daniel y mi madre irían en el coche a la oficina.

Y así fue, salieron a trabajar temprano y no regresaron a despertarme; simplemente sonó el teléfono cerca de las nueve de la mañana y me levanté a contestar. Yo sabía que era ella, y cuando me preguntó desde la oficina qué era lo que había pasado, simplemente le dije la verdad, mientras ella escuchaba atenta sin cuestionar nada. Se lo conté tratando de estar tranquilo y controlado.

Cuando terminé mi relato, solo dijo: "Es extraño, en la noche no podía dormir porque tuve un mal presentimiento, pero gracias a Dios estás bien".

A pesar de que ella ya no quería, yo insistí en seguir trabajando porque el dinero era necesario, debía intentar ayudar en lo que pudiera. Y aunque el miedo no se me quitó y aunque sufrí otros asaltos, no fueron tan impresionantes para mí como lo que me pasó ese día. Me prometí a mí mismo no arriesgarme si algo similar me volvía a suceder y salí nuevamente a manejar el taxi después de una semana. Pero después de un asalto más me olvidé de ese trabajo, sin decir lo que me había sucedido.

Pensaba sinceramente que el dinero que estaba aportando para los gastos se utilizaba para la comida o la despensa, o para pagar cualquier otra cosa. Pero un día, mi madre llegó y me entregó todo el dinero que había ganado trabajando de noche. Yo al principio no entendí, pero después me explicó que ese dinero era mío porque lo necesitaría al entrar a la universidad, para ropa, libros y otros gastos que tuviera. La miré conmovido, se preocupaba demasiado. Yo podría arreglármelas y conseguir solo todo lo que necesitara, de modo que le dije: "No, ¡ya no! ¡Ya no te preocupes más por mí!...", y simplemente, se lo devolví.

Gracias a la recomendación del sindicato STUNAM —no iba a desaprovechar esa preciosa oportunidad— ingresé a trabajar como bibliotecario en la Hemeroteca Nacional de la UNAM. Tenía entonces 20 años y me sentía muy afortunado; porque estaba en un edificio nuevo, bellísimo, ubicado en la nueva zona cultural de la universidad, en un ambiente más que apropiado para el estudio. Continué y más fácilmente pude aprobar mis materias hasta que terminé, y gracias al pase automático, también tuve la oportunidad de ingresar a la facultad para estudiar una carrera universitaria.

Sentí un orgullo que nunca había sentido. Ninguno de mis amigos lo había logrado. Iba avanzando yo solo y el primer resultado estaba ahí. Tenía un compromiso conmigo mismo por ella; aunque yo no se lo había dicho, no podía descuidarme ni un día para alcanzar mi objetivo, mi promesa. Iba a trabajar en la mañana y en la tarde iba a la escuela. Y sin más, casi sin darme cuenta, el trabajo y el estudio me absorbieron; dejé el ocio y la calle a cambio de luchar encarnizadamente contra una tira de materias de primer semestre.

El tiempo se fue y seguí con éxito mi vida como estudiante. Me encontraba ya en el tercer semestre de la carrera de Administración con muy buen promedio en el historial académico. El 9.5 de promedio era increíble para mí. ¡Yo tener esas calificaciones cuando en el CCH no daba una!... Pero simplemente era el resultado de esforzarme desde temprano y hasta regresar a la casa, alrededor de las once de la noche.

Todo iba bien hasta entonces, la situación iba mejorando. Pero en el mes mayo de 1987 empezaron los problemas. Había comprado una figura de madera de una cierva amamantando a sus crías como regalo del 10 de mayo que se aproximaba. Me llamó la atención al verla en un aparador por la sensación que me produjo, de ternura, y porque era muy apropiada para la fecha: el Día de la Madre. Recuerdo que preparé la cámara para tomarle una foto a mi madre al recibir su regalo. Ella sonrió, soltó la escoba que tenía en las manos, tomó su regalo y me abrazó. Enseguida se quitó un anillo de oro que tenía un escorpión grabado en relieve, alusivo a su signo zodiacal, y me lo dio. Al principio no quise aceptarlo, pero me lo puse porque ella insistió y apenas me cupo en el dedo meñique. Se veía cansada, pero su sonrisa no la abandonaba nunca. Hacía los quehaceres de la casa y esperaba solo cinco días para jubilarse. Planeaba regresar a su pueblo, San Miguel, a su casa, para poner un negocio de tortillería y vivir con su madre, mi abuela.

El 15 de mayo, fecha de la despedida en su trabajo, mi madre abrió la puerta de mi cuarto como todos los días para despertarme. Yo estaba ya medio despierto y me di cuenta de su presencia, pero no me moví; tenía flojera pues me había desvelado, pero era hora de meterme a bañar o llegaría tarde al trabajo.

Después no escuché ningún ruido y permanecí en estado de vigilia por unos segundos, preguntándome: ¿qué, ya se fue?, ¿dónde está? Yo pensé que ya se había ido. "¿Por qué no me movió en la espalda como siempre para despertarme antes de irse?", pensé. Pero al incorporarme me di cuenta de que todavía estaba ahí, sentada en mi cama, observándome en silencio. A pesar de que acababa de despertarme y aún tenía sueño, me percaté de que en su mirada había preocupación. Al tratar de incorporarme, somnoliento, ella se me acercó, me dio un beso y pensé: "¿Adónde irá tan guapa y tan arreglada mi mamá?"; pero no le dije nada, solo le devolví la sonrisa. Levanté la mano derecha para decirle adiós con un ademán y ella se fue. No intercambiamos palabra alguna en ese minuto en que nos despedimos. Teníamos ese vínculo especial, esa comunicación silenciosa, esa complicidad de estar del mismo lado siempre. Tal vez la habría abrazado con fuerza y no la habría dejado escapar nunca, nunca, si hubiera sabido que esa sería la última vez que la vería con vida; pero jamás lo imaginé, ni por un segundo...

Ese día fue viernes. Yo no tenía clases; y como a última hora iba a jugar un partido de fútbol, al salir del trabajo me subí al coche —un Mustang 1968— y me fui a los campos para encontrarme con mis amigos.

Al llegar a las canchas, el partido ya había empezado, por lo que me apresuré a cambiarme; pero antes que pudiera hacerlo se me acercó el señor Fernando para decirme que me fuera al hospital porque mi mamá se había puesto enferma. "Tu hermano Daniel nos avisó", me dijo con calma. Le dije que sí, subí a mi coche y a toda velocidad me fui al hospital.

Daniel estaba sentado en la sala de espera y me hizo una seña con la mano indicándome que estaba ahí. Le pregunté preocupado qué había pasado. Me respondió que se trataba de un desmayo:

—Se desvaneció de repente —dijo en un tono entre triste y preocupado.

Me acerqué a la ventanilla de recepción a preguntar y lo hice varias veces hasta que una enfermera, al notar mi preocupación, me dejó ingresar a los cuartos de observación para que me calmara.

Vi a mi madre dormida en una camilla y me tranquilicé un poco. No me dejaron pasar hasta ella, solo la vi de lejos y pensé: "No debe ser tan grave", puesto que no la estaban atendiendo con urgencia.

Habían pasado varias horas cuando salió una persona gritando su nombre:

—¡Ofelia Téllez... familiar de Ofelia Téllez García!

Nos levantamos de inmediato para hablar con un doctor, quien nos explicó que mi madre debía quedarse internada. Pero mi preocupación creció de un modo alarmante cuando nos dijo que se trataba de un derrame cerebral y que había entrado en estado de coma.

Ese 15 de mayo, muchas horas antes, la reunión en la Dirección General de Personal de la UNAM estaba en su apogeo.

No faltaron los regalos de despedida y todos habían dejado sus quehaceres para despedir a Ofelia, ya que era su último día de trabajo. Sus amigos y Daniel, quien trabajaba también ahí, estaban con ella.

La mirada triste por el hecho de jubilarse no podía ser ocultada con su sonrisa, y uno por uno pasaron los compañeros para decirle algo amable y para abrazarla deseándole lo mejor.

Inesperadamente llegaron los mariachis caminando uno tras otro y entraron por la estrecha puerta de la oficina haciendo un semicírculo frente a ella, tocando una canción clásica y escandalosa. Los gritos de los compañeros no se hicieron esperar, parecían competir por ver quién lo hacía más ruidosamente y arrancaron las carcajadas de las mujeres. Eran como una familia. Sus compañeros de trabajo habían compartido con ella muchos años de su vida.

De repente, y para terminar el evento, cuando los mariachis tocaban la última canción, *Las golondrinas*, ella pidió sentarse. Su expresión se endureció, la emoción fue intensa y, al terminar la canción, se esforzó por asentir con la cabeza, agradeciendo a la gente las atenciones con ella. Le dijo a mi hermano que la sacara de ahí rápido, que quería recostarse; dijo que se sentía mal. Necesitaba un doctor, pero decidieron mejor llamar a la ambulancia de Servicios Médicos de la UNAM.

Camino a la pequeña clínica, tomando conciencia de su estado, le preguntó a Daniel por mi hermano:

—¿Y Toño?... ¿Se fue a la escuela de fotografía?...

Mi hermano asintió con la cabeza, mientras le tomaba la mano.

Poco después, un paramédico sentado a su lado se sobresaltó al escuchar los gritos de angustia de Daniel, mientras le tomaba el rostro con ambas manos:

—¡No responde! ¡Despierta, mamá! ¿Me escuchas?... ¡Responde por favor!

El paramédico se incorporó para revisar los signos vitales y el pulso. Se volvió y habló con el chofer de la ambulancia, quien inmediatamente encendió la sirena y aumentó la velocidad. Cambiaron el destino. No irían a la clínica; irían directamente al hospital López Mateos del ISSSTE, mientras le practicaban los primeros auxilios y le colocaban el suero en el brazo antes de ingresar en camilla por la puerta de urgencias.

Fui yo quien le hizo compañía día y noche, pero la primera fue definitivamente la peor noche de mi vida, nunca hubo ni habrá otra peor que esa.

La internaron en una sala amplia donde había ocho camas divididas por cortinas plegables. Cerca de las diez de la noche, en la oscuridad de esa sala, en la cama 310 del tercer piso del hospital, me senté a un lado de ella en una silla blanca de plástico, entre la ventana y su cama. Con ella dormida a un lado de mí, y viendo al otro lado la calle, edificios y gente caminando, traté de guardar la calma. Estaba pendiente por si ella se despertaba. Me senté y me levanté innumerables veces, nervioso. Pasaría ahí definitivamente todo el tiempo que fuera necesario. No me iría ni que me lo propusieran. Sólo si me corrieran de ahí, y aún así estaría afuera esperando por cualquier cosa.

Ahí sentado en esa silla junto a ella, recordé muchos momentos en familia. Me sentí muy agradecido porque, aunque siempre habíamos estado limitados por las cosas materiales, nunca habíamos sufrido hambre. Si estuvimos bien fue por un simple hecho, y el más importante: *porque la teníamos a ella.*

¿Qué estaría pensando mi mamá esa mañana sentada al borde de mi cama, mirándome en silencio? Al pensar esto, le tomé una mano y la apreté para susurrarle al oído, como queriendo despertarla sin permiso, que supiera que estaba ahí con ella:

—¿Qué pensabas?... ¿Que querías decirme?

La moví, la besé, le hablé como si me escuchara. Pero ella no respondía. En lugar de eso, alrededor de la medianoche, al respirar empezó a hacer una especie de ruido, como un ronquido largo con cada respiración. Me levanté y la observé, la escuché. A medida que el ruido se hacía más fuerte, también se hacía más corto. Con angustia, ahí parado en la cabecera de su cama y perdiendo definitivamente el control, comprendí que mi madre se estaba asfixiando.

Corrí a avisar con el rostro descompuesto, supliqué que fuera alguien a verla y el doctor de guardia no tardó en ir. Yo iba detrás de él, pero no pude pasar; no me permitieron entrar las enfermeras que llegaron con unos aparatos. Adentro se tardaron unos veinte minutos mientras yo permanecí en el pasillo con el alma en un hilo.

Al salir el doctor, me acerqué preocupado para preguntarle qué había sucedido. Me respondió que era muy grave. Había perdido su capacidad de respirar por sí misma a causa del derrame y dijo que no guardara muchas esperanzas.

Yo no podía dar crédito a lo que había escuchado. Es raro presenciar un hecho y, a pesar de estar presente, viéndolo, que la mente de uno no lo acepte. Tal vez había estado con ella precisamente en los momentos que moría. Tal vez escuchó lo que le decía en ese estado inconsciente. Tal vez sintió el beso que le di. ¡Vete a saber! Lo que sí es cierto es que esa noche me encontraba peor que un león enjaulado.

Salí una sola vez del cuarto en la madrugada, a los baños, a llorar a todo pulmón tapándome el rostro con el suéter para disimular el ruido, porque ahí en el cuarto no podía hacerlo. Regresé y caminé toda la noche sin descanso a lo largo de la cama hasta el siguiente día. Al ir y venir, y con cada paso que daba, le pedí a Dios que por favor no me la quitara, que no se fuera, que no me dejara todavía, que la dejara conmigo, ¡yo la cuidaría! Me comprometí a hacer lo que Él me pidiera hacer en pago, y lloré con el alma por ella pegando mi rostro a los cristales de la ventana que se empañaban con mi aliento. "¡Despierta por favor!", le supliqué cien..., no..., mil veces, pero ella no se despertaba. Pensé en la posibilidad de que fuera una pesadilla, pero no fue así; a cambio, ahí estaba frente a mí el cuerpo tendido de mi madre que moría, que ese mismo día en la mañana se había despedido sin palabras de mí, y que al salir por la puerta de mi cuarto se había ido para siempre de mi vida como la única realidad que existía, que golpeaba, que dolía increíblemente. La herida que se abrió ese día no habría de cerrarse nunca. Sería la más grande herida en mi corazón y en mi vida, aunque hubiera otras más adelante en los sucesos que recuerdo y hasta la fecha en que escribo estas hojas.

A la mañana siguiente una viejita que estaba en la cama adjunta me llamó, tal vez me había escuchado sollozar toda la noche. Me dijo que me sentara a su lado un momento y me preguntó:

—¿Quién es?

Yo tardé en contestar, y con expresivo dolor dije:

—Mi madre.

La señora me tomó de la mano queriendo consolarme. En ese momento una doctora se acercó y me dijo fríamente y sin rodeos que mi madre tenía muerte cerebral y había que realizar una tomografía. Me dijo también que si lograba recuperarse y despertar sería como un vegetal, pero que si en ese momento le apagaban el aparato que respiraba por ella, moriría irremediablemente.

Yo la escuché sin expresión… ¡Cómo se atrevía a decirme eso! La miré con odio y le di la espalda. Salí de la sala y bajé a la recepción completamente descompuesto, con el rostro bañado en llanto; pero abruptamente lo interrumpí por la sorpresa de ver a mucha familia ahí. ¿Cómo se habían enterado? Me bombardearon con cien preguntas a la vez pero no contesté ninguna; en mi mirada y en mi expresión debieron encontrar la respuesta. Mi hermano Daniel se dio la vuelta apretándose los cabellos con las manos. Compañeros del trabajo, primos, tíos estaban ahí y yo no pude hablar. Preferí salir de ahí para volver al maldito tercer piso y me senté con ella, totalmente abatido. No me resignaba todavía y, con esperanza, pedí un milagro que nunca llegaría. Rezando sin saber cómo, sin comer, sin asearme, dormitando. Tomado de su mano derecha sin movimiento día y noche sin soltarla, mientras desfilaban uno a uno familiares y amigos, entre ellos mi hermano Antonio. Yo no quise hablar con nadie, no me importaba nada. Hasta que el 19 de mayo, después de cuatro días, Ofelia se fue, llevándose con ella mi cordura, dejando a cambio de su ausencia un terrible vacío en mi alma, que nunca pude llenar con nada, un doloroso vacío para llevar a cuestas durante el resto de mi vida.

Capítulo 5

—¡Levántate, güey! Ya vete a trabajar, cabrón... —gritó Daniel tocando la puerta de mi recámara.

—Ahí voy... —contesté desganado.

Mientras él se iba a la oficina me metí a bañarme pensando que dejaría algo de comer a mi hermano Antonio. Tenía que ir a mi trabajo a precisar por qué no me había presentado, pero no quería ir. Prácticamente también abandoné la escuela. Era un hecho, no continuaría más. ¿Para qué?... A pesar de que no quería ir a trabajar, tuve que hacerlo después de una semana para no perder mi puesto. Pasé muchas tardes solo encerrado en mi cuarto durante muchas horas. Sentía que nada valía la pena. Dejé a un lado los cuadernos y abandoné los libros, que se amontonaron en la mesa de mi cuarto donde hacía las tareas y que días atrás utilizaba sin descanso. Aunque quisiera leer, sentía que nunca podría concentrarme. El hecho principal que me alentaba a salir adelante se había perdido, y a mí no me importaba lo que sucediera conmigo. No tenía ya la motivación que me alentaba y me encontraba sumergido en una soledad angustiante y peligrosa. La melancolía estaba presente en todo momento y padecía una depresión increíble.

Algo similar les ocurrió a mis hermanos, y aunque no podía adivinar con exactitud sus sentimientos, sus acciones así lo demostraban. La casa era un desastre. Daniel tomaba más que nunca y subía el volumen del estéreo en las madrugadas con el consecuente enojo de los vecinos; y Toño sufría, lo veía también retraído, desorientado, lo observaba tomar alcohol y apartarse para llorar sin que nadie lo viera. "Que tienes pollo, ¿quieres comer?", le preguntaba. "No..., luego...", respondía. Era muy chico, tenía sólo 17 años y siempre estaba en la calle. Su esposa lo había abandonado por irresponsable y por maltratarla, y tenía una hija pequeña, llamada Penélope, que no le dejaban ver. Se dedicó a trabajar aunque muy joven para eso, como chofer de microbús.

La casa quedó sola, daba miedo llegar. Todos los recuerdos afloraban. Cada objeto lastimaba, cada mueble. El vacío que sentía en el cuerpo me producía inapetencia e insomnio y un dolor en el pecho que me molestaba, que quería quitarme pasándome las manos fuertemente sin conseguirlo, y que no podía de ninguna manera controlar.

La ropa sucia se acumulaba, no había comida, los trastos sucios aparecían por todas partes y no había en nosotros un solo indicio de organización porque no había tampoco en nuestro comportamiento ganas de hacer ni empezar nada; realmente los verdaderos estragos sucederían después y comenzaban ya a hacerse sentir.

Muchos familiares nos visitaban preocupados, pero fueron mi tío Salomón y su esposa Isabel quienes más cerca estuvieron de nosotros, como siempre. Y fue Isabel quien un día se acercó a mí diciéndome las siguientes palabras:

—La querías mucho... está bien, y ella a ustedes. Pero no puedes hacer nada contra los designios de Dios. Eres ya un hombre y tienes que ser fuerte para lo que viene. No lo hagas por ti, hazlo por tus hermanos. ¿Sabes?, la última vez que la vi estaba muy orgullosa porque te estabas esforzando mucho. Ella percibió tu cambio, tus ganas de mejorar, y más de una vez te vio desvelarte haciendo algún trabajo de la escuela; ella misma nos dijo: "Es mi única esperanza". Esa vez discutimos sobre los hijos y nos dejó calladas porque tus primos desde pequeños siempre tuvieron más vigilancia y disciplina, más motivación y apoyo, ni siquiera han tenido que trabajar, y ustedes no; ellos siempre tuvieron más facilidades... Imagínate, si para alimentarlos y proveer la casa tenía problemas... ¿Qué más podía hacer? Tu madre los dejó solos desde chicos porque no le quedaba opción y lo que ustedes consiguieran sería porque lo lograrían solos. Con ese argumento ella nos dejó en silencio porque es la verdad, han estado solos, así que... ¿por qué no madurar ya? ¿Por qué no le das el gusto completo? Ella te está mirando ahora mismo, ¿quieres que se sienta triste? Sigue adelante, Daniel está preocupado por ti; dice que ya no quieres saber nada de la escuela. No lo eches todo a la basura, termina de estudiar. Ten por seguro que tu madre, desde donde está, quiere de todo corazón que lo logres...

Cuando Isabel terminó de hablar, estallé en llanto al enterarme de que mi madre había dicho esas cosas de mí, que de alguna forma ya no se había quedado callada frente a mis tías, que como siempre me había defendido de esa manera. Mi tía me sujetó y me abrazó fuertemente mientras, poco a poco, me fui deslizando hasta quedar hincado de rodillas en el piso, con las manos en el rostro. Mi tía se puso en cuclillas frente a mí tratando de consolarme. Ni en el sepelio logré desahogarme tanto. Y después de un rato, cuando me recuperé un poco, le dije con la voz quebrada:

—Sí, tía... lo voy a hacer.

Daniel se fue de la casa para vivir con una compañera de su trabajo. Él se quedó con el puesto que mi madre tenía en la oficina y lo veíamos sólo los fines de semana en los partidos de fútbol en que jugábamos los tres. Yo regresé a la escuela para enterarme de que mis amigos habían dado muchas veces el presente por mí cuando se pasaba lista y hasta habían entregado trabajos a mi nombre. Sabían lo que me había sucedido y gracias a ellos no perdí ninguna materia. En cierta forma me agradecían que yo les consiguiera los libros de mi trabajo, pero yo siento que ellos me ayudaron desinteresadamente. Principalmente mi amigo Carlos Segura, quien siempre estuvo cerca de mí.

Me costó un poco de trabajo adicional ponerme al corriente, pues había estado ausenté más de dos semanas; y aunque siempre estaba retraído, no claudiqué. Me esforcé de igual forma o más, a pesar de que tomaba alcohol todos los fines de semana tratando de desahogar mi tristeza cuando podía, también tomando en la casa, solo o con amigos, en el estacionamiento de la escuela y del trabajo, en todas partes.

Iba a fiestas con la intención de distraerme. Estudiaba y hacía tareas en estado de ebriedad, y traté de cumplir mi promesa mientras mi vida se volvía un desastre. Tenía muchas novias a la vez tratando de llenar ese vacío. Hasta que conocí a Margarita, con quien me estabilicé y, con el paso del tiempo y de los semestres, un día terminé la escuela con buenas calificaciones y sin haber reprobado ninguna materia.

Pero en la graduación, el día que yo soñé para ella, a la vez que mis compañeros estuvieron con sus familias respectivas, yo estuve en el fondo muy triste extrañándola, e inevitablemente me embriagué pensando en ella. Pero me controlé y no demostré los sentimientos que me lastimaban, invité a algunos amigos, entre ellos a Mario, y a mis tíos Salomón e Isabel; y desde luego a mis dos hermanos, quienes me felicitaron y acompañaron ese día tan importante.

Margarita era muy popular en su escuela. Tenía fama de ser fácil, pero a mí no me importó porque era la única persona que me hacía sentir bien. Quería olvidarme de mis problemas y ella lo conseguía. No me sentía tan solo en su presencia. Era como un trozo de madera en medio del océano donde yo nadaba y podía sujetarme para no morir ahogado. Me hacía feliz aunque fuera momentáneamente y yo estaba más que satisfecho con eso. Además, como quería cambiar de ámbito, me fui de mi casa para vivir con ella en unión libre. Después de unos meses nos casamos por lo civil y sin más renuncié a mi trabajo en la Hemeroteca Nacional de la UNAM.

Empecé a trabajar en una empresa privada, como supervisor en el área de ventas. Como en todo matrimonio, era lógica la llegada de un bebé; y poco a poco Margarita me ayudaba a salir adelante. La ilusión de ser padre hacía que mi carácter cambiara para bien, pero me volví meticuloso y perfeccionista.

Cuando nació Arturo, mi hijo pequeño, el departamento donde vivíamos se llenó de esperanza. Quise esforzarme por él. Había encontrado otra vez motivación. Creí que esto me ayudaría a llenar el vacío que sentía en mí, pero me daba miedo ser como mis hermanos con sus esposas.

La teoría psicológica afirma que *un individuo repite la conducta de sus padres cuando es adulto*; este argumento me quitó muchas veces el sueño, luché contra esa idea pero perdí y me pasó exactamente lo mismo que a ellos. No sé precisamente cuándo cambié y cuándo demonios salió a flote el temperamento oculto; pero transcurridos dos años, mi conducta se volvió irritable y violenta y salió a relucir mi carácter fuerte.

Levantaba la voz a mi hijo pequeño cuando encontraba algún juguete tirado o mal puesto y luego me arrepentía en una lucha interna por haberlo regañado al verlo aturdido. A mi esposa la regañaba por sus ausencias pues salía a diario a la casa de sus padres o con las vecinas, o porque llegaba en la noche y no la encontraba pues se quedaba platicando en la tienda, la panadería o vendiendo sus productos de belleza, mientras a nuestro hijo lo dejaba encargado o encerrado con llave teniendo apenas 2 años de edad.

Al igual que mis hermanos, fracasé en esa primera unión. Margarita simplemente sacó lo peor de mí y, aunque no llevábamos mucho tiempo casados, llegó el día en que lo único que nos unía era nuestro hijo.

Dolorosamente la historia se repetía. Al discutir los problemas era mi pequeño quien pagaba los platos rotos. Me di cuenta y experimenté en carne propia lo que eran esos problemas del matrimonio. Tal como lo recordaba con mis padres y con mis hermanos, y como me sucedió a mí, quien lo resentía era mi hijo, *por lo tanto esa afección de la cual era objeto el niño podría también repetirse en su vida cuando fuera adulto.*

Si bien es cierto que yo no era cruel como mi padrastro, ni tampoco irresponsable como mi papá, la conducta desinteresada de mi esposa agravó más la situación. Nuestro alejamiento comenzó porque percibía en ella un desinterés que iba en aumento, un distanciamiento que mucho tenía que ver con mis ausencias por cuestiones de trabajo. Al llegar en varias ocasiones en estado de ebriedad, discutíamos y el pequeño se escondía de mí en la recámara igual que yo me escondía de Nicolás cuando era niño.

En cuanto a mi carácter, me di cuenta de que cambió porque tenía un afán muy grande por que las cosas se dieran; entonces al esforzarme y ver indiferencia a mi alrededor me volví un hombre de mal genio, enojado siempre porque no percibía el interés en mi esposa por arreglar cosas triviales. Gritaba porque algo no estaba en su sitio, porque salía y no me avisaba, porque cada vez que me iba a trabajar esperaba a que me fuera para irse ella, no sé adónde, con su madre, sus amigas, ¡quién sabe! Y para agravar más las cosas, mi hijo al que adoraba prefería más la compañía de su madre; lo sentía alejado y distante conmigo. Era inútil tratar de acercarme a él a pesar de que me esforzaba. Lo echaba todo a perder cuando levantaba la voz. El distanciamiento creció hasta el límite y mi vida empezó a decaer... hasta que un día se fue irremediablemente al infierno.

Una noche, cansado, escribí a mi esposa una carta y se la dejé al día siguiente sobre la mesa, muy temprano, antes de salir a trabajar. Yo entendía que nuestro matrimonio tal vez terminaría, pero quería intentar algo para no separarnos y si no funcionaba, finalmente dejarla en paz.

Al día siguiente me sentí enfermo y pedí permiso para retirarme del trabajo. Me encontraba decaído y tenía calentura, sabía que mi esposa había leído la carta y quería hablar con ella. Al llegar a la colonia, por casualidad la vi desde mi auto caminando por la calle; yo no acostumbraba regresar a la casa temprano. Dio la vuelta en una calle estrecha y no se percató de mi presencia. Antes de abordarla, ella tocó a un zaguán blanco mientras yo detenía el coche preguntándome en dónde diablos había dejado al niño.

Entró al instante de abrirse la puerta, que se cerró enseguida. Estacioné y me acerqué a la vivienda lentamente. Quise tocar el timbre pero algo me detuvo; un presentimiento me hizo asomarme y escuché risas. Por un agujero pude ver cómo se abrazaba mi esposa con un hombre y después pasaron a otro cuarto.

Temblé, sentí un vuelco terrible en el corazón. De inmediato metí una llave larga que saqué de mi llavero para deslizar el pasador y abrir, pero descubrí un alambre que permitía abrir desde afuera la puerta del zaguán, así que me metí haciendo el menor ruido posible. Me asomé con cuidado a la ventana y se veía una sala vacía, así que abrí la puerta y pasé al interior con sigilo. Atravesé la sala despacio, ordené a mi corazón que no latiera tan fuerte y a mis poros que dejaran de sudar, pero no me hicieron caso. Al asomarme a un cuarto, descubrí algo que no creí que fuera capaz de hacer mi esposa. Lo que vi acabó conmigo por completo.

En la recámara estaba ella recostada en la cama boca abajo, vestida pero con la falda arriba, con los brazos extendidos. Él, un hombre de unos 25 años aproximadamente, se quitaba la playera y se disponía a quitarse el pantalón cuando de un grito los interrumpí.

La sorpresa fue mayúscula. No había argumentos que valieran contra lo que acababa de ver. Mi esposa se incorporó rápidamente, se acomodó la ropa y se colocó detrás de él, quien a su vez, mostrándome las palmas de las manos, solo dijo:

—¡Cálmate, cálmate!

Debieron ver un odio criminal en mis ojos porque estaban realmente asustados, pero no les hice nada; lo único que hice fue salir de ahí.

Manejé hasta mi casa moviendo la cabeza negativamente. Mi hijo no estaba, ¿adónde lo habría dejado?... Tomé algunas ropas y documentos y los eché en el coche; rompí vidrios, espejos, la mesas; saqué de un clóset fotografías de vacaciones de reuniones y de nuestra boda y las coloqué en la estufa, donde al encenderla se prendió una gran llamarada que sofoqué con vasos de agua. Salí rápidamente sin pensar nada. Amargas lágrimas recorrían mi rostro inexpresivo, apretaba el volante sin darme cuenta, aumentando peligrosamente la velocidad.

Recordé cómo mis gritos le afectaban a mi hijo y no pude más que pensar en alejarme de él para no seguir haciéndole daño. Ya nada me retendría más en esa casa. Manejé sin descanso durante varias horas sin pensar en un destino.

Pensaba con amargura cómo se repetía la historia de violencia familiar en mi hogar. Mis reacciones involuntarias le hacían un gran daño al ser que más quería. Pensé que alejarme de él sería una solución momentánea. No lo abandonaría totalmente, buscaría la manera de proveerlo de alguna forma, pero definitivamente no regresaría nunca más.

Me di cuenta de que el origen de este problema era la violencia de la que había sido objeto cuando niño, *en lugar de valores inculcados había recibido golpes*, y ese hecho repercutía ahora en mí como adulto.

Cuando fracasa un matrimonio los hijos llevan la peor parte, ya que las consecuencias las acarrean entonces por siempre, y se convierten en un **círculo vicioso**.

A mi madre no la culpo porque también fue una víctima; pero sí falló una parte importantísima, que es el padre de familia. Su ausencia fue tan grave al dejarnos solos como el daño hecho por el padrastro violento e inconsciente del daño infligido. Y me dolía reflexionar que las vivencias de la infancia habían repercutido en mí y en mis hermanos ya de adultos. Los tres habíamos sido violentos con nuestras esposas y los tres también habíamos fracasado en los matrimonios.

Tal vez si yo hubiera tenido un padre como mis tíos, cariñosos en esa primera edad, habría sido otra persona, alguien exitoso, un gran corredor tal vez, con hijos sanos, capaz de dar amor, con un buen matrimonio. Pero en lugar de eso manejaba a gran velocidad huyendo de la realidad dolorosa, sin consejo, aprendiendo solo, *por el camino difícil de equivocarse, caer y después dolorosamente volver a levantarse.*

Luego de llegar por la carretera federal hasta Acapulco, me fui hacia el norte rumbo a Lázaro Cárdenas, pero me detuve en Petatlán, veinte minutos antes de llegar a Iztapa—Zihuatanejo, en el estado de Guerrero. Allí pensé en descansar en un hotel pero en realidad me fui a tomar a una cantina, donde ya sentado me embriagué sin importarme nada, reflexionando en el pasado. El odio a mi esposa me cegaba. El haber puesto distancia de por medio fue un acierto, ya que varias veces en ese estado de embriaguez había sentido deseos incontenibles de regresar para matarla, y eso estaba mal, muy mal. Estoy casi seguro de que si no me hubiera ido, la habría buscado y golpeado, porque estaba totalmente fuera de control. Tal vez para evitar eso preferí huir, salir de allí, tomar y tomar para no pensar, para desobedecer el impulso de ir y reclamarle a golpes su comportamiento. "Un día voy a regresar y me va a pagar lo que estoy sintiendo ahora, cuando menos se lo espere se lo voy a cobrar...", me prometí en un estado incoherente.

Al día siguiente amanecí en el coche. Lo primero que pensé fue conseguir cerveza por el dolor de cabeza que sentía. Revisé mi cartera y me di cuenta de que no traía mucho dinero, pero tenía dos tarjetas de crédito, por lo que no me preocupé mucho. A pesar de que me sentía moralmente abatido, trataba de no pensar en ello.

Al principio pensé en irme de ese lugar pero luego me dije: "No tienes un destino, así que cualquier lugar da igual". Renté un cuarto pequeño con entrada independiente después de preguntar en el mercado. Tenía un patio común donde había un baño; en el cuarto, sólo una cama y una mesa, donde puse una radio para escuchar música.

Al principio quise comunicarme con mis hermanos y buscar trabajo ahí, sin embargo no lo hice. No puedo explicar bien lo que me sucedió, pero sentí una combinación de dolor y dejadez, sentí que cualquier cosa que iniciara no valdría la pena. No tenía ganas de trabajar, ni siquiera de bañarme y cambiarme, vivía sin apetito. Quería desahogarme, mi mente prácticamente se bloqueó y empecé a consumirme en el alcohol.

Después de algún tiempo se acabó el dinero, pero malbaraté el coche y obtuve más. Me daba cuenta de que mi situación se volvía peligrosa, pero no me importaba. Después de unas semanas quise volver para despedirme de mi hijo, pero me detuve al verme en el espejo; acerqué mi rostro y vi mi cicatriz cerca del ojo izquierdo, que estaba rojo igual que el otro. *Reflexioné y con dolor me di cuenta de que tenía la misma mirada cruel que mi padrastro.* Recordé a mi hijo corriendo y escondiéndose de mí cuando llegaba de noche a la casa, escondiéndose de una persona como yo, que lo amaba con todo el corazón. Así que lo que hice fue lo mismo, no reaccioné, solo me recosté y traté de olvidarme de todo.

Pasaba largos días sin salir de ese cuarto, donde me la pasaba ingiriendo bebidas, casi sin comer. Sólo escuchaba música por las noches, en mi habitación desordenada, donde jamás pasó una escoba y un jabón.

Transcurrieron meses así, estando solo, sin trabajar, Y un día me enfermé; sentí un malestar terrible caminando en la calle y traté de acelerar el paso para llegar a mi vivienda, pero no pude hacerlo. Sentí que iba a caerme, así que me puse en cuclillas. Después de unos minutos me incorporé y, como pude, despacio, sosteniéndome de las paredes, llegué a una farmacia. Le dije a la encargada que me sentía muy mal. Me miró despectivamente, por mi aspecto sucio. "¡Ayúdeme por favor!", le dije cuando de plano me caí al piso.

Un hombre me ayudó a levantarme y me sentó en un sofá al otro lado del mostrador. No me dirigió la palabra, tenía el rostro dulce y una mirada profunda. Me revisó, me aplicó una inyección y me dijo que tenía los síntomas de la tifoidea. Me dio medicinas y me llevó a la puerta de mi vivienda.

Estuve acostado todo ese día; no tenía agua ni comida y sentí sed. Al oscurecer desperté y de un movimiento me tiré en el piso. Ahí, después de un rato nuevamente me quedé dormido. La fuerza de aquella enfermedad me despertó, no tenía a nadie cerca que pudiera ayudarme.

De repente vi a Liliana a mi costado, sin decir palabra, sentada junto a mí. Acariciaba mi rostro húmedo. Después de muchos años de no verla contemplé a Liliana nuevamente. Ahí estaba ella, de la misma edad que tenía cuando yo la había adorado. Liliana, la del cuerpo bello, la que no quería lastimarme. "Por qué me dejaste...", le pregunté. Sin embargo y de repente, ella se esfumó, quedando solo frente a mí, recostado ahí en el piso, la basura que había bajo mi cama.

No fue hasta el tercer día que me levanté y salí al patio para que me diera el sol. El señor de la farmacia apareció con comida, me revisó y me dijo que estaba mejorando, y que necesitaba alimentarme, cuestión que me elevó la moral. Le pagué los medicamentos pero no había dinero que pudiera pagar el bien que me estaba haciendo; y aunque no supe su nombre, me hizo comprender que tenía que reaccionar, fuera para bien o para mal; no podía estar siempre viviendo como un ermitaño.

Pero cada vez que recordaba a mi esposa y a mi hijo el dolor renacía nuevamente. Por eso no podía regresar; tenía que recuperarme lejos y sólo el tiempo me ayudaría. No podía volver en ese momento, tendría que levantarme solo. "El tiempo lo cura todo", pensaba, "iniciaré desde cero una vida nueva en este lugar, tal vez encuentre a alguien que me ayude". Era preciso levantarme de alguna manera, pero el rencor superaba mis intenciones y el odio gobernaba mis acciones.

Reflexioné: "¿Cómo es posible que una persona discapacitada físicamente tenga tanta fuerza de voluntad, no solo para vivir, sino también para trabajar e incluso para competir y ganar medallas olímpicas?". Y me respondí que el común denominador de esa gente es el respaldo y el amor de sus padres y de su familia. Comprendí con tristeza que yo tenía una discapacidad diferente, que me obligaba a retraerme involuntariamente. Una discapacidad del espíritu que me llevaba a una depresión profunda y peligrosa.

En mis recorridos me gustaba ir hacia un río, a varios kilómetros de allí. Bajaba alrededor de 20 metros por un sendero empinado y caminaba por las piedras para no mojarme y lavarme el rostro con el agua fría.

Una vez pasé toda la tarde ahí y dejé que el crepúsculo me alcanzara. Destapé una botella de alcohol, saqué una libreta del bolso interior de mi chamarra y, recordando a mi hermano Antonio, quien me decía cariñosamente "Po" —pues ese era mi apodo—, escribí recordándolo el siguiente pensamiento:
Vagando por las riberas de la meditación,
En la orilla del río, se encontraba Po,
Los ruidos de las grullas interrumpen tus pensamientos,
Que flotan en el aire como hojas en el viento,

Un sapo ríe burlón,
No conoce las cosas de tu corazón
Árboles color aceituna,

Doblan su imagen en el río, a la luz de la luna,

"Ya no me siento tan solo,
Estoy con el río, la noche y la luna,
Y tomaremos juntos,
Hasta que aparezca la bruma".

La luna es araña de plata,
Que teje su telaraña en el río que la retrata,
Y Po que a verla vino,
Quiso beberse a la luna una noche, en su copa de vino

Y sentir el hechizo enigmático,
Y dormir en el vicio del vino lunático...,

"Luna, no te vayas,
Quiero hacer un trato contigo,
Pedirte me cumplas un deseo,
un deseo fugaz... por una copa de vino...
Dormir y soñar con Ofelia
Soñar con ella una vez más..."

La noche se fue,
El sueño hizo tu vasija caer,
La luna también se ha ido,
Y caminas con tu cuerpo cargado de vino...

"Mi amiga la luna mi sueño no ha cumplido,
Mañana tal vez pida a la noche
Conceda mi sueño,
Por una copa de vino...".

Inevitablemente llegó el día en que perdí mi cuarto y me vi en
la calle, pidiendo dinero en los locales comerciales para com-

prar comida en el mercado. Una tarde llegué a Zihuatanejo, vi los restaurantes y sentí hambre; entonces recordé cuando de pequeño en la casa comía con mi familia. Todos juntos en una mesa pequeña cenábamos y reíamos... Recordé a mi hijo, a mis hermanos y a mis amigos... "¿Por qué me tocó sufrir siempre?", pensé. Me senté en la banca de un parque. Al fondo se escuchaba el mar. En mi mente avisé: "Dios..., ya no quiero estar aquí".

Después de unos minutos me volví con sangre fría. Tomé la decisión en un segundo. Caminé firmemente de regreso hacia las afueras del pueblo: iría hacia el puente adonde a veces iba a tomar en el río para arrojarme de una vez y terminar con mi vida.

Llegué cerca de la terminal de autobuses, había ahí un paradero de taxis y varios establecimientos al fondo de la calle. Ahí afuera, dos sujetos discutían con otro, al parecer le estaban cobrando algo, pero de repente lo comenzaron a golpear. No sabía yo que trataban de asaltarlo. Al verlo en ese estado inconveniente, me acerqué sin miedo, era una buena oportunidad, tal vez me ahorrarían el trabajo si los provocaba lo suficiente. Y fue así como decidí interceder por aquella persona.

Se trataba de un muchacho más o menos de mi edad. Busqué en el suelo algo con que defenderlo pero no encontré nada. Avancé hacia ellos con la firme determinación de ser yo el herido, y así me fui sobre uno, exponiéndome a propósito al filo de su arma, gritando para que se dieran cuenta de mi presencia.

Todo sucedió rápidamente. El muchacho asaltado que estaba en el piso tenía heridas en las orejas y en la cara, pues le habían roto un envase de cerveza en el rostro; además los cortes en la nariz y la frente lo hacían ver más lastimado de lo que realmente estaba. Con mi intromisión, recibí una cortada grande a lo largo del brazo derecho. Ante el escándalo, la gente salió de los establecimientos y a ellos no les quedó más remedio que escapar y salieron corriendo.

Ismael —así se llamaba el muchacho— me dijo que vivía cerca de ahí. Al tratar de levantarlo descubrí que además de las heridas en el rostro tenía una herida en el muslo derecho. Por su estado, antes de seguir con lo mío quise llevarlo a su casa. Rompí un pedazo de tela de su pantalón y le amarré la pierna. Después de un rato de caminar, toqué fuertemente a la puerta de un zaguán negro con la palma de la mano. Luego de varios minutos salió una chica muy hermosa, como de 20 años, que dio un grito al vernos:

—¡Qué le hizo a mi hermano, mugroso! —gritó.

El escándalo hizo que saliera gente de la casa. Un señor viejo, otra chica igual de bonita que la primera y una señora. Al ver que la chica me seguía insultando, todos empezaron a insultarme, al tiempo que Ismael les decía:

—Déjenlo..., él sólo me trajo...

Dejaron los insultos y se lo llevaron para atenderlo, pues tenía la cara bien cubierta de sangre. A mí solamente me dejaron ahí, con la puerta de la casa abierta, y sonreí al pensar: "¡Como te ven te tratan!". Luego di la vuelta y me fui de ahí sin decir nada.

Una sensación sobrecogedora me invadió. El rechazo de esa gente acabó por completo conmigo. Para entonces perdí decisión y tenía miedo ya de ir y saltar. Caminé unos minutos desprendiéndome poco a poco de mis cosas: tiré mi suéter, me quité la playera. Al caminar lentamente sentía en mí una mezcla de miedo con desamparo, como se sentiría un niño que camina extraviado buscando a sus padres sin encontrarlos. Anhelé en ese momento encontrarme con esos delincuentes para que acabaran conmigo, pero no fue así. Mi brazo seguía sangrando; al caminar dejaba mi rastro de sangre, pues apretaba continuamente el puño para motivar su salida. En determinado momento observé mi herida pensé: "No iré al puente, ni siquiera puedo hacer eso…". Me senté en el piso y, cerrando los ojos, comencé a realizar numerosas heridas en mi muñeca derecha con un trozo de vidrio.

De repente escuché un grito que me llamaba:

—¡Señor, Señor...!

Me volví a ver quién era, tendría que ser a mí a quien llamaba porque la calle estaba vacía. Una señora me alcanzó corriendo con mucho esfuerzo:

—¿Está usted bien? —me preguntó.

Su nombre —lo supe más tarde— era Celia, madre del muchacho que había defendido. Yo la conocía de vista en mis andanzas, pero ella y sus hijas nunca me habían visto.

Celia no me miró con desprecio, sino que me tomó del brazo y casi me obligó a irme con ella. No le importó mi condición. Llegamos a su casa y allí atendieron mis heridas.

Después de comer en una mesa limpia, me ofrecieron un lugar para descansar. Era lo menos que podían hacer después de lo que yo había hecho. Me llevaron a una bodega, que no era más que un cuarto de tablas donde había una colchoneta, para pasar ahí la noche. Me dijeron que me quedara el tiempo que quisiera, pero yo estaba decidido a irme de ahí.

La pequeña chica que me había insultado —Rocío— se me acercó con una sonrisa y me ofreció café y una disculpa, pero no pudo ocultar su repulsión por mi persona.

Yo no lo sabía, pero la plática que mantuvimos a continuación cambiaría mi vida para siempre.

Celia tenía en la mirada una ternura natural. Me tomó de la mano y me llevó al patio, nos sentamos sobre unos ladrillos y respondí a sus preguntas. Así se enteró de una parte de mi historia. Me miraba con atención, quería escuchar también los detalles; entonces platicamos mucho tiempo, y hasta me sentí en confianza para mostrarle una libretita que cargaba en mi bolsa y en la que escribía versos y pensamientos. Me asombré al ver que sus ojos se nublaban, y no apartó de mí la vista cuando sus lágrimas brotaron de sus ojos. Se conmovió mientras sostenía mi brazo vendado.

El hecho de hablar, de narrar en voz alta mi historia, me hizo tomar conciencia de mi situación, por lo que mi voz se quebró varias veces y llegué a un punto en que no pude decir nada más. Entonces me quedé callado.

—Estoy segura de que Dios te ha cuidado y no te ha abandonado nunca... —dijo.

Me explicó también que Jesús, el hijo de Dios, había muerto por nosotros, absorbiendo todos mis pecados y los pecados de todo el mundo. Y que yo podría pedirle al padre de Jesús, a Jehová, con fe y si lo pedía por mediación de su mismo hijo, que cambiara mi vida.

"No es verdad, Dios no existe, nunca me ha escuchado...", le respondí en mi mente.

—Dios escoge a aquellos cuya desgracia es grande, para mostrarle al mundo que los milagros existen —dijo Celia.

Sacó una Biblia de su delantal y, después de buscar un rato, me la tendió abierta en una página donde pude leer los siguientes versículos:

Oye, oh Jehová, mi voz con que a ti clamo;
Ten misericordia de mí y respóndeme,
Mi corazón ha dicho de ti: Buscad mi rostro
Tu rostro buscaré, oh Jehová;
No escondas tu rostro de mí
No apartes con ira a tu ciervo
Mi ayuda has sido,
No me dejes ni me desampares, Dios
De mi salvación
Aunque mi Padre y mi Madre me dejaran,
Con todo, Jehová me recogerá...
Salmos 27: 7—10

Ten misericordia de mí, oh Jehová
porque estoy en angustia,
se han consumido de tristeza
mis ojos, mi alma y también mi cuerpo,
porque mi vida se va gastando de dolor,

y mis años de suspirar;
se agotan mis fuerzas a causa de mi iniquidad,
y mis huesos se han consumido

De todos mis enemigos soy objeto de oprobio,
Y de mis vecinos mucho más
Y el horror de mis conocidos;
Los que me ven fuera huyen de mí
He sido olvidado de su corazón como un muerto,
He venido a ser como un vaso quebrado...
Salmos 31: 9—12

He venido a ser como un vaso quebrado..., detuve aquí mi lectura. "Un vaso que se rompe y ya no sirve para nada, incluso si se pega, le quedan las cuarteaduras como cicatrices y nadie querrá tomar ya de él, aunque existe no tiene ya razón de ser y nunca volverá a ser el mismo, ese soy yo...", pensé.

Aquellas palabras, leídas en ese momento, me llenaron poderosamente la mente; sentí que estaba leyendo una verdad indiscutible. Sin embargo, me llamaba más la atención el hecho de pensar que Jehová podría sustituir el lugar de mis padres ausentes de alguna forma, pero... ¿cómo hallarlo?...

—¡Yo lo he buscado desde muy pequeño! —levanté la voz dudando—. ¡He ido muchas veces a la iglesia para tratar de encontrarlo!... ¿En dónde está? ¡Le he pedido y lo he tenido en mente siempre, pero Él no me ha respondido!...

—No es necesario ir a la iglesia —dijo firmemente Celia—. Él está en todas partes. Cuando te arrodilles y le pidas con humildad y con el corazón que te escuche, Él te escuchará, se hará presente en ti, tú sabrás cuando esté contigo, te lo aseguro.

Se arrodilló y me propuso:

—Ahora ponte de rodillas, junta tus manos y platica con él, cierra los ojos y háblale, Él te escuchará... Háblale como si fuera tu padre, con las palabras que se te ocurran, sin ceremonias ni versos dichos de memoria. Dile que lo aceptas como la única persona que te salvará... —me explicó cuidadosamente. Era ya de madrugada y ella se arrodilló junto conmigo. Yo le obedecí, no por darle gusto, sino porque realmente necesitaba creer que era verdad, que en realidad tenía un padre que yo no conocía, que siempre había estado conmigo en los momentos cruciales y que ahora me llevaba por este camino, me colocaba frente a esta señora que ahora me tomaba de la mano.

"¿En verdad estuviste conmigo cuando estuve tirado en el piso en mi reciente enfermedad?... ¿Y en aquel hospital cuando mi madre agonizaba?... ¿Fuiste Tú quien desvió esa bala que iba hacia mi cabeza aquel día?...", recordaba mientras Celia me observaba.

Quise rezar pero no sabía cómo hacerlo. "¿Cómo empezar a hablar contigo?", pregunté. De repente, una frase llegó como de golpe a mi mente: "*Perdona... renuncia a tu venganza...*".

"¿Qué...? ¿Alguien lo dijo o lo imaginé? No... no puedo yo perdonar nunca a la gente que me ha hecho daño, a la gente que me hizo sufrir a mí y a mis seres queridos. No puedo renunciar a vengarme, he perdido a mi familia, a mi hijo...". Se desató una guerra en mi cabeza; sin embargo una fuerza me doblegó al sentir la cercanía de la muerte. El perdón invadió todo mi cuerpo y me desarmó por completo, como un guerrero que suelta su arma, su escudo y su armadura y renuncia a la pelea dándole la espalda a su contrincante, haciéndolo vulnerable pero, a la vez, liberándolo del odio y la ferocidad.

Sensibilizado, sintiendo ya su cercanía imponente, me volví de pronto más pequeño de lo que soy. Agaché la cabeza y apoyé los antebrazos en el piso con humildad. Ahí, a la luz del foco que estaba en la entrada de la casa, arrodillado en la tierra y con los ojos cerrados, hablé con el corazón diciendo algo que recuerdo más o menos así:

"Padre, yo no sé hablar contigo pero, ¿de verdad me escuchas? Quisiera decirte que he estado muy solo, he caminado tanto...".De golpe recordé entonces cuando de niño y sin saberlo, hablé con Él dándole gracias por mi hermano, arrodillado junto al lavabo del baño, y comencé a sollozar. "Necesito de Ti, necesito que cambies mi vida, no puedo yo solo..., necesito que por favor me ayudes a vivir, por mi hijo Arturo te lo pido, por tu hijo Jesús te lo pido. ¡Por favor escúchame! Te entrego mi vida para que hagas con ella lo que Tú quieras, te acepto como mi único salvador; y si es verdad tu promesa, te acepto con todo mi corazón como mi padre, acéptame tú como tu hijo... ¡Te lo pido de rodillas! Por favor, limpia mi corazón y perdona mis pecados...".

Pareció como que algo se rompió dentro de mí. Agua sucia salió por mis ojos ese día, el llanto ya no fue de sufrimiento, por fin fue diferente; lloré sintiéndome abrazado y escuchado, como un niño pequeño abrazado por su padre que trata de consolarlo al encontrarlo, después de haberse perdido.

No le dije nada más, no era necesario. En ese breve momento sentí por fin que Él estaba conmigo porque me llenaba una sensación de compañía en medio de mi llanto. Inmediatamente me di cuenta: estaba adentro de mí, en el pecho, a la altura de mi corazón. Comprendí que estaba al fin seguro, y mientras lloraba sentía que me estaba limpiando por dentro, sacando la suciedad del alma y los rencores, que renunciaba a las venganzas, que liberaba por todos los poros de mi piel las largas caminatas de tristeza, mis cargas y mis traumas, y lo más importante: *que perdonaba de todo corazón* a las personas que me habían hecho daño. Entendí al fin, verdaderamente, el sentido del concepto que tantas veces había escuchado: Dios es amor.

La metamorfosis había concluido, se había realizado principalmente en mi corazón, que se despojó del odio, y había logrado liberarme de su prisión en el momento oportuno, como cuando una víbora cambia de piel porque la ha renovado y la deja atrás, sin siquiera voltearse a ver.

Después de un rato en que Celia se alejó un poco de mí —respetando tal vez ese momento privado—, se acercó, levantó mi rostro y con su dedo índice limpió mis lágrimas, se las llevó a los labios haciendo un ademán de besarlas y me dijo:

—El día de hoy es de fiesta para mí y para ti, recuerda y no olvides nunca esta fecha: 15 de septiembre, porque es como si hubieras nacido de nuevo...

Capítulo 6

Muchas veces he hecho oración desde ese día. Nunca para pedir cosas materiales, siempre buscando dirección, para perdonar y pedir perdón, para dar gracias, pedir consejo, pedir por alguien... Lo hice regularmente y solo cuando sentía la necesidad de contar algo a alguien se lo decía a Él con confianza, cuando quería que alguien me escuchara... ¡Y mis pesares desaparecían! ¡Es increíble pensar que cuando alguien te hace un daño, no le deseas ningún mal a cambio, sino todo lo contrario!

Renuncié a los rencores, a las tristezas y amarguras. Confiaba mi vida a Dios y no me preocupaba porque sabía que Él me cuidaba. ¿Qué podría hacerme el hombre si Dios estaba conmigo, siempre de mi lado? Porque estaba seguro de que Él estaba conmigo, y empecé a dar, a dar sin pedir, a amar a la gente que me rodeaba... ¡Incluso a quien no conocía!, cuestión que me sorprendió mucho, porque siempre fui tímido y ahora quería conocer y ayudar a todo el mundo, preocuparme no por mí sino por la gente que me rodeaba. Mi carácter cambió, sonreía, había estado tanto tiempo extraviado, ¡perdido en la oscuridad!...

Al día siguiente me desperté con otra actitud. La familia que me había dado posada realmente me había salvado. No podía creer que apenas hacía unas horas había querido quitarme la vida...

—¡Qué madriza me acomodaron esos güeyes! Me vas a ayudar a encontrarlos, hijos de su pinche... —Ismael apareció repentinamente, asomándose entre las tablas del cuartucho donde dormí.

Vendado por todas partes, traía puesta una cachucha de mezclilla. Me ofreció un par de botas de obrero con casquillo y una
playera blanca limpia, un vaso de leche y un pan.

—¿Tú cómo estás?

Se sentó a platicar conmigo, me explicó que era él quien trabajaba en lo que podía para mantener a su padre enfermo del
mal de Parkinson, a su madre y a sus hermanas que estudia-
ban, y me dijo que no me fuera, que iban a salir al doctor.

Lo primero que hice después de comer fue dirigirme al la-
vadero donde había una pileta. Con un puñado de jabón en
polvo, me tallé con una fibra de la cintura hacia arriba, me lavé
y enjuagué varias veces el pelo, que estaba largo, y la barba; me
lavé los dientes con los dedos y después le pedí permiso al papá
de Ismael, el señor Belsai, para llevarme una cubeta. No me
pregunté para qué, pero salí ese día dispuesto a trabajar.

Al caminar firmemente para Zihuatanejo me sentía feliz,
optimista, con la panza llena. Tenía una vaga idea de lo que
iba a hacer, pero lo haría de inmediato: trabajaría en lo que
fuera y con todas las fuerzas que tenía. Y así lo hice. Después
de varios días regresé a esa casa para despedirme de ellos y darles las gracias. Llegué un poco nervioso y dudé antes de tocar
ese zaguán negro, pero por fin me decidí.

—¿Adónde se fue el señor que ayudó a mi hermano? —dijo
Sandra, la hermana de Rocío, a su mamá.

—No lo sé, a lo mejor no vuelve por aquí —respondió Celia—. Ojalá le vaya bien donde haya ido.

En eso oyeron tocar la puerta.

Tardó en reconocerme la pequeña quinceañera, le dije mi
nombre y me dejó pasar, mientras al darle yo la espalda, le
hacía muecas y ademanes a su mamá queriéndole explicar sin
hacer ruido que yo era aquel hombre sucio que había estado
ahí días antes. Estaba cambiado porque me había cortado el
pelo y rasurado la barba. Llevaba ropa limpia, iba bien peina-
do y cargaba unas bolsas que tenían despensa.

Cuando se las ofrecí a la señora Celia, aún no me reconocía. Rocío salió de la casa en ese momento y me reconoció por el vendaje en el brazo; me miró frunciendo el ceño:

—¡Ismael, te buscan...! —gritó.

Entonces salió quien con el paso de los años sería mi mejor amigo, Ismael, mi hermano.

—Entra... ¡Qué cambio, cabrón!, Qué gusto me da... ¡Te quitaste años de encima! —dijo—. Qué hiciste, adónde vives... Mi mamá me contó algo de ti pero te fuiste sin decir nada... —agregó mientras las hermanas revisaban y acomodaban las pocas cosas que había llevado, como café, jabón, leche en polvo, etc., cosas que servían para la casa—. ¿Y esto por qué lo trajiste? No era necesario...

—Sólo quise agradecer un poco lo que hicieron por mí —respondí, y me escucharon.

Luego les dije que pensaba regresar a México a buscar a mi hijo para saber si estaba bien. También les conté lo que pensaba hacer aquella noche, cuando Celia me alcanzó. Todos escucharon atentos parte de la historia y definitivamente me adoptaron desde ese momento. Hicieron planes para que me quedara con ellos. ¡Todavía no tenía dónde dormir! Así que me dejé convencer y les dije que me quedaría unos días.

—Te cambió el semblante, el sonreír te favorece —me dijo Rocío, esa chiquilla morena de facciones finas, de cuerpo delgado y que además me regalaba una hermosa sonrisa.

Extraños eran para mí los caminos de Dios, y me dejaría llevar sin preocuparme, pues Él regía mi destino desde ese momento.

—¿Qué hiciste en estos días? ¿Para qué la cubeta? —preguntó Sandra.

Yo le conté que me había ido bien decidido a trabajar:

—Fui hasta la zona hotelera de Ixtapa y allí pedí permiso para lavar autos. Se lo proponía a los automovilistas que se estacionaban en las entradas de las playas. Al principio nadie quería, pero después no me fue tan mal; alquilé una hamaca de un establecimiento en la playa para dormir. Después el gerente de un hotel de la zona me dio permiso para entrar en su estacionamiento y ya no tuve tanto calor, y mejor acceso al agua. Trabajé duro todos los días… Pensé mucho en ustedes, y cuando junté algo de dinero, quise traerles esto para agradecerles lo que hicieron por mí, principalmente a Celia, y para despedirme, pues ese día me fui sin darles las gracias.

Rocío me tomó una mano y lo que Dios decidió entonces para mí fue quedarme con ellos.

Sonreía, tenía mucho entusiasmo de trabajar. Me instalé en el cuartucho y le hice algunos arreglos: le tapé los agujeros del techo con hojas de palma, utilicé algunas herramientas del señor Belsai. No pensaba quedarme mucho tiempo, pero me absorbían las tardes haciendo arreglos en la casa después de regresar de mis labores en la mañana. En las tardes arreglaba cosas: pinté, clavé, arreglé puertas, infinidad de detalles en la cocina. Hacerlo me hacía sentir útil, me mantenía ocupado y me hacía feliz el cariño que esa gente buena me daba. Todos los días llevaba algo para la casa, comida principalmente, y ellos se acostumbraron tanto a mí que no querían que me fuera.

Yo no quise nunca faltarles el respeto a las hermanas, aunque me daba cuenta de que eran muy codiciadas y buscadas por los muchachos de la colonia, y en más de una ocasión me ofrecí para defenderlas si alguien las molestaba. Llegué a sentirme feliz en ese hogar y revivieron mis ganas por el ejercicio. Recuperé mi forma, subí de peso y conseguí unos tenis para correr.

En las mañanas muy temprano salía corriendo hacia la zona hotelera para trabajar. Ahí mismo, al terminar, me lavaba y regresaba a la casa en camión, llevando algo para la familia, siempre. Empecé a sentir un afecto sincero, no me lo decían pero así lo sentía, y fue Rocío la que un día me dijo que la invitara a salir. Después de consultarlo con su mamá, yo moví la cabeza afirmativamente; no podía negarme, tenía que darle gusto en todo.

Fue así como salimos un día en la bicicleta de su hermano y fuimos hasta la costera, ella adelante sentada de lado en una almohadilla dejando que la abrazara, y yo pedaleando fuertemente, con cuidado de no caernos.

Después de comer, caminamos por la playa y platicamos muchas horas. En la tarde fuimos hacia un balcón alto frente al mar, desde donde se veían abajo estrellarse estruendosamente las olas en las rocas. El sol, que precisamente comenzaba a ocultarse, le regalaba una luz a su rostro, dándole un tono rojizo al perfil de la pequeña, quien me miraba y me sonreía y me preguntaba cosas.

Rocío escuchaba atenta a mis respuestas mirándome a los ojos. Me quedé callado por un instante y también la miré a los ojos; entonces le dije que se veía muy hermosa con esa luz en el rostro.

—¿Muy, muy bonita?... ¿Sí? —me preguntó ansiosa al ver que no le respondía.

—Sí, y más al sonreír.

No dijimos nada más. En ese momento, abiertamente Rocío me tomó de las manos y recargó su cabeza en mi pecho. Después de unos minutos sin reacción, me armé de valor y, tomándola de la barbilla, le di un beso breve en la mejilla. Ella lo sostuvo con su mano sobre mi rostro y me ayudó a deslizarlo hasta sus labios dulces. Le di un beso suave, como queriendo agradecerle su cariño. Me hacía falta que alguien me amara… Sería maravilloso —pensaba— que esta chiquilla se enamorara de mí (era como ocho años menor que yo), esta pequeña a quien buscan los muchachos de la escuela, a la que llaman por teléfono a todas horas. Ella recibía numerosas invitaciones de todo tipo y en la calle la acosaban desde los autos. No merecía yo tanto, con su amistad me hubiera conformado; pero no, ahí estaba ella, entre mis brazos, hermosa, tierna, delicada, correspondiéndome abiertamente.

No dijimos palabras amorosas, pero al regresar en las caras se nos veía el amor. Sandra, su hermana, me abrazó y lo dio por hecho. Ismael, sentado en el sillón con el control remoto del televisor en la mano, hizo el pulgar hacia arriba, dando su consentimiento. Celia nos miró también con aprobación.

Este hecho me detuvo definitivamente en esa casa y me hizo mejor persona. Lamentablemente el señor Belsai murió en ese tiempo. Ismael se casó, pues había embarazado a su novia, y se fue a vivir con sus suegros. Yo quedé prácticamente como el responsable de la familia; aunque nadie me obligara, haría ese papel con gusto; me encantaba la idea. Y casi me obligaron a quedarme en la recámara de mi amigo cuando él se fue.

—¡Te encargo a mi familia! No te pases de pendejo con mi hermanita... ¡Te hablo, güey! ¿Eh?... —dijo Ismael al ver que no le contestaba.

Moví negativamente la cabeza y nos despedimos con un gran abrazo. Lo ayudamos a mudarse no muy lejos, a unas cuadras de ahí. Y yo al fin conocí una felicidad que mucho tiempo se me había negado. Solamente el recuerdo de mi hijo me preocupaba; no lo sabía yo, pero Dios lo acercaría a mí, de una forma definitiva.

Conocí a un francés llamado Guy, socio y administrador hotelero en Ixtapa. Me saludaba abiertamente y con confianza cuando lo encontraba. Un día me acerqué a su oficina y le dije a la recepcionista que quería hablar con él. Salió y le entregué una agenda en la que había dinero, aclarándole que la había encontrado al lavar una de sus camionetas. Se quedó muy sorprendido al revisarla, y aunque no era mucho, me invitó a pasar a sentarme. Platicamos un rato, me ofreció un café y me hizo algunas preguntas. Después se quedó callado. Entonces se volvió de repente y me dijo: "Hoy no trabajaras más". Y lo mejor que hizo ese hombre por mí ese día fue ofrecerme un trabajo, a lo que yo simplemente respondí: "Estoy a sus órdenes".

—¿Qué estudios tienes? —preguntó—. No tienes acento, tu actitud es diferente a la de los demás.

Se sorprendió al saber que tenía una licenciatura terminada.

—¿Por qué estás aquí lavando coches?

Yo me sentí un poco incómodo, pero tuve que contarle brevemente cómo había llegado ahí.

—¿Y cómo te recuperaste? —me preguntó.

—Encontré a Dios —le respondí con seguridad—. Ahora trato de superarme por mi novia y por mi hijo.

Para entonces él ya había dejado todo lo que estaba haciendo, mi historia había captado toda su atención y mostraba interés por saber más. Me hizo nuevas preguntas sobre mí y en su mirada percibí que quería ayudarme. Después de meditarlo un poco, me dijo que necesitaba gente para trabajar en un rancho, donde además de construir un hotel junto a la playa, tenía plantaciones de cocos, maíz, mango y café. Necesitaba organizar gente para limpiar, ordenar, cortar, recoger y vender, además de todo el trabajo que el rancho requiriera. Si plan era delegar en alguien ese trabajo, el sueldo era mucho mejor que el que ganaba entonces, y acepté pensando en los beneficios.

El señor Guy me dio un papel donde escribió en la parte de atrás cómo llegar al rancho. Yo calculé que se encontraba a unos 14 kilómetros de la casa de la señora Celia por la carretera. Debía presentarme esa semana, el día que yo escogiera. Resuelto esto, me fui de ahí.

Rocío fue la primera en felicitarme. Celia se acercó a nosotros con cierta inquietud pues no era normal que llegara a la casa tan temprano. Le conté lo sucedido, entramos a la casa y nos dispusimos a preparar la comida que les había llevado.

Al día siguiente salí a buscar el rancho. Desde la carretera se leía en la entrada un letrero empotrado en un arco: "La Pequeña"; yo no pude más que sonreír y recordar a mi pequeña, a quien en la noche anterior le había preguntado si quería casarse conmigo... Ella, muy contenta, no me respondió; solamente me abrazó y sus ojos se nublaron. Yo tomé su gesto como una respuesta afirmativa y no hablamos de fechas, ni de fiestas. Permanecimos largo rato abrazados y le agradecí esa noche a Dios antes de acostarme por haber puesto a esa chiquilla en mi camino.

Decidido, entré y fui a la administración, era una construcción pequeña. Afuera esperaban cerca de veinte peones y un hombre con una lista en la mano decía sus nombres. Esperé a que terminara, me acerqué a él y le extendí una tarjeta del señor Guy. La observó y me invitó a pasar. Se llamaba Jesús, tendría unos 50 años, hombre rudo, de voz y facciones fuertes, curtido por el sol.

—Qué bueno que llegas, el patrón me llamó, no te esperaba hasta el lunes pero hay trabajo que hacer. Toma esas llaves y tráete la camioneta —ordenó.

Eran las siete de la mañana y yo estaba ahí para supervisar el trabajo, encontrar compradores, conseguir herramientas y máquinas, etc. Había mucho que hacer. Ese primer día recorrí el rancho y me sorprendí, pues era muy grande, desde la carretera y hasta la playa eran varias hectáreas. La camioneta que utilizaría tenía un número pintado en una salpicadera, el 568; la usaría todos los días. En el recorrido descubrí un cenote de agua dulce donde los peones tenían aislado a un cocodrilo pequeño, también encontré iguanas y armadillos en el camino, además de un río que atravesaba la propiedad.

Pronto volví a mis andanzas de corredor. De vez en cuando salía de la casa hasta la playa y me iba corriendo por la arena. Me sentía fuerte y sano otra vez, disfrutaba el amanecer corriendo, entraba a la costera y volvía a tomar la playa nuevamente para llegar al rancho por el lado del mar. Me metía por un sendero al lado de las plantaciones, bordeaba el cenote de agua hasta salir a la administración del rancho, donde me lavaba, tomaba la camioneta y me ponía a trabajar.

Al lavarme recordaba aquel camino al lado del río en San Miguel, que atravesaba cuando de niño salía a correr a escondidas y regresaba a bañarme de la misma forma.

Cierto día encontramos al señor Guy en su auto. Hacía tiempo que no lo veía y fui rápidamente para saludarlo y ver lo que se le ofrecía. Llegué a él sonriendo, sudando y agitado. Me devolvió la sonrisa y le agradecí por el trabajo, entonces me dijo que me tenía una propuesta y me invitó a ir a comer a una playa cerca de la desembocadura del río, con su esposa y sus tres hijas. Yo le dije que iría a lavarme y lo alcanzaría en la administración.

Con el señor Guy al volante y yo a su lado, llegamos después de 20 minutos a un paradero turístico. En la parte de atrás iban su esposa, sus hijas y la nana de estas. La señora Verónica —esposa del patrón—, al ver las artesanías en las cabañas adyacentes al puente que atravesaba el caudal del río, quiso bajar a comprar. El señor Guy estacionó y bajó con su familia. Yo, que también había bajado, me recargué en la camioneta a esperar cuando algo terrible sucedió.

Tras salir corriendo, la hija más pequeña de Guy estaba asomada al puente con su cabecita por entre los barandales para ver hacia abajo el cauce del río. La señorita que la cuidaba, su nana, la había alcanzado. Varias personas estaban ahí observando el paisaje y comprando nieve. Los patrones se encontraban mirando la mercancía y hablando con las señoras que vendían. Una camioneta que nos seguía, gente de Guy, esperaba detrás.

De repente se escuchó un grito que me hizo voltear. Comprendí rápido. Yo era el que estaba más cerca y corrí hacia el puente. Llegué primero que nadie y ¡vi sorprendido que la pequeña niña ya no estaba! ¡Se había caído! Me asomé hacia abajo y no había nada, revisé el barandal y vi que estaba roto; atravesé la carretera rápidamente para ver hacia abajo el otro lado del cauce del río. La gente gritaba, todos corrían. Quise intensamente distinguir algo. Al escuchar los gritos, los que estaban abajo se acercaron rápidamente a la orilla. Una persona se arrojó al cauce desde el otro extremo y en mi mente dije: "¿Dónde está?". En ese momento pude distinguir una silueta blanca y alguien gritó: "¡Ahí va, ahí va!...". Sin pensarlo, me impulsé con todas mis fuerzas y me arrojé hacia ella. Al caer sentí un golpe en el hombro que me entumeció el brazo.

En el agua turbia color café, trataba de distinguir algo palpando, tentando, buscando con movimientos desesperados. Pasaron largos segundos cuando, de repente, la sentí. Me volví rápidamente y la tomé del brazo. El cauce del río nos había arrastrado. Sentí que en mi brazo izquierdo algo andaba mal, no respondía, ya que al caer me había golpeado con las ramas de un tronco.

Agotado por el esfuerzo, logré salir con la pequeña en brazos y la coloqué sobre el pasto. La tomé de la nuca echando su cabeza para atrás y soplé por su boquita tapándole la nariz, la solté y di un empujón a la altura de su corazón. Traté de calcular el tiempo que había estado bajo el agua, cuando de repente, mientras presionaba con cuidado su pecho, con un movimiento inesperado reaccionó, al tiempo que estallaba en llanto y sacaba por la boca y la nariz el agua sucia del río. La volví boca abajo, manchándole el vestido con mi sangre, que goteaba sobre ella. Y le estaba dando golpecitos en la espalda, concentrado en que sacara el agua de sus pulmones, cuando de pronto sentí detrás de mí que los guardaespaldas del señor Guy me ayudaban a levantarme...

Los guardaespaldas recibieron órdenes de llevarme a un doctor de inmediato.

—Después lo llevan para su casa —les ordenó el señor Guy.

Luego subió a la camioneta a sus hijas y a su esposa, quien cargaba a la pequeña, y arrancó a toda velocidad. Su mirada seria y angustiada no se separó de la mía cuando aceleró a toda prisa; era necesario llevar a Fernanda a atenderse de inmediato. La gente se arremolinó a mi alrededor, la otra persona que se había arrojado al río se acercó a mí y me dio la mano apretándola efusivamente. Me incorporé y caminé para subirme en la otra camioneta. Recibí atención, medicinas y ropa seca, pues la mía estaba empapada. Después me llevaron a la casa, adonde llegué con una bolsa de plástico que contenía mi ropa mojada.

En la cena comentamos el incidente. Rocío me estaba dando de comer en la boca cuando tocaron la puerta. Sandra corrió a abrir. Desde adentro vi gente que no conocía, Sandra acomodó a todos y quien tomó la iniciativa para hablar fue el señor Guy. Se sentó frente a mí, me miró con sus intensos ojos azules y me dijo que estaba muy agradecido conmigo.

—No tengo cómo pagarte lo que hiciste —dijo.

—Si la niña está bien, que ese sea mi pago... —respondí, volviéndome a todos.

Él movió afirmativamente la cabeza y yo sentí en mis hombros las manos de Rocío, quien estaba detrás de mí escuchando. En ese momento se me acercó la mamá de la señora Verónica y me dijo:

—Quise venir a darle las gracias y ver cómo estaba... —y presentándose, me extendió la mano.

Yo me levanté y respondí:

—Estoy bien, gracias.

—Todo está bien ahora —agregó ella—, pero usted se arriesgó sin pensar que tal vez se golpearía con una roca al caer. Su acción tendrá su recompensa...

Después de un rato de comentar el incidente, la señora Verónica, madre de Fernanda, se acercó a mí, me dio un beso en la mejilla y las gracias al oído. Su suegro, el padre de Guy, me dio la mano y me extendió un sobre cerrado. Lo tomé al tiempo que Guy se despedía de mí diciéndome que descansara unos días para recuperarme y que después fuera a verlo.

Días después fue para mí una sorpresa ver en las noticias cómo me había arrojado de manera descompuesta desde el puente para después de unos segundos salir con la niña. Evidentemente alguien con una videocámara estaba ahí ese día. Yo no quería hacer bulla de algo tan delicado, sin embargo ahí estaba yo, y ese hecho vino a cambiar algunas cosas. Como el mismo río que llega a un entronque y divide su cauce, mi balsa se fue entonces por otra dirección...

Capítulo 7

Una respetable cantidad de dinero estaba escrita en el cheque que recibí al abrir el sobre que me había dado el padre de Guy. Tomé la decisión de no tocarlo después de meditarlo unos días. Tal vez lo regresaría, no estaba seguro, pero sentía que no debía manchar con dinero la amistad que tenía con ese hombre.

Después de consultarlo, comprendí que ese recurso que había recibido podría servir para ayudar a alguien. Así que lo guardé; esperaría para utilizarlo para algo que aún no sabía qué era. Y así fue.

Días después, en mis vacaciones forzadas, sucedió algo realmente inesperado. Había pasado mucho tiempo y llegó solo a tocar la puerta de la casa. Al vernos nos abrazamos.

—¿Cómo estás, Po? ¿Porque chingados te fuiste? ¿Qué pasó, que te hizo tu vieja?... No chingues, no sabemos nada de ti...

Mi hermano Antonio me había encontrado a través del video. Tras ver las noticias investigó varios días el lugar donde yo estaba. Él, al igual que Daniel, pensó que algo me había sucedido porque desaparecí sin avisarle a nadie. Buscaron en delegaciones y hospitales. Me incomodó un poco reflexionar sobre mi actitud egoísta al haberme ido de esa manera y le pedí que me perdonara por el daño que les había hecho, pues no era mi intención dañar a nadie, sino todo lo contrario.

Hice pasar a mi hermano y después le presenté a la familia. Había muchas cosas que aclarar y en la comida le conté todo, desde el día que me fui manejando hasta esa fecha. Claro que no entré en detalles, omití algunas cosas que en ese momento hubieran resultado incómodas.

—Me volví a casar. Conocí una chava que se llama Martha y nació mi hijo, le puse Daniel —dijo Antonio, tal vez recordando a su sobrino—, vivimos ahí mismo y trabajo manejando un taxi.

Yo me alegré porque estaba bien, y también me enteré de que Daniel estaba en la Facultad de Ingeniería y que seguía trabajando en la UNAM.

Por primera vez lo escuché hablar con una madurez que no le conocía, como nunca, centrado y objetivo en su plática. Le expliqué que habría querido buscarlo pero que me daba pena que me viera mal; quería primero recuperarme y eso me detenía ahí, en ese lugar. Le conté que era feliz al lado de esas personas que me habían ayudado tanto, pero que vivía con la esperanza de que un día regresaría a buscarlos.

—No estás enfermo... ¿verdad?.. —preguntó.

—No... ¿Por qué lo preguntas?

—Margarita está enferma, tiene el VIH, si la vieras, chance ni la reconoces. Su mamá cuida a tu hijo, yo lo he visto poco. Está bien, pero le haces falta, búscalo... —me dijo con seriedad, como si hubiese estado esperando el momento adecuado para soltar la noticia.

Escuchar lo que mi hermano dijo cambió todo el ambiente, fue como si recibiéramos todos una cubetada de agua... Nadie habló... ¡Y todos me observaban! Me levanté, caminé, comprendí que tal vez mi hijo estaría más cerca de mí de lo que yo había pensado. Me aparté y me senté en la sala a reflexionar. ¿Sería posible? ¡Tal vez mi Dios, sin yo saberlo, me había salvado nuevamente al alejarme de mi esposa! ¡Tal vez con esa separación dolorosa me había apartado de ella para que no me contagiara...! Y yo que siempre había estado seguro de que ella estaba con otro hombre, que había formado otra familia... Nunca había imaginado que podría estar así...

Al irme me había salvado de contagiarme, todo encajaba. Es increíble la acción invisible de mi Dios... Miré por la ventana hacia el patio donde una vez de rodillas le había hablado haciendo una oración. Bajé la cabeza y cerré los ojos, me senté en el sillón de la sala apretando los ojos con fuerza, di las gracias en mi mente, me volví hacia ellos y sonreí con mis ojos vidriosos, agradecido. Rocío se acercó diciéndome:

—Si quieres, busca a tu hijo y lo traes para acá, yo te lo cuido. Ve sin preocuparte, toma tu tiempo, sabes que confío en ti, yo te espero lo que tardes en regresar.

Moví afirmativamente la cabeza, no podía creer la nobleza tan grande de una chiquilla tan linda. Me abrazó. Y después de ponerme de acuerdo con Ismael y con Celia, me dispuse a salir con Antonio a buscar a Margarita y a mi hijo, por supuesto no sin antes ir a ver a mi amigo Guy Lazauzet.

—No te preocupes, arregla tus problemas, aquí te espera un trabajo cuando quieras. Si necesitas algo me llamas.

También dijo sonriendo que si decidía casarme con Rocío, la señora Verónica y él serían los padrinos de mi boda.

Llegamos un lunes al departamento en México. La esposa de mi hermano no estaba. Entré directamente a ver las fotos de las carpetas, pero me detuve en el pasillo al ver una fotografía de mi mamá: sonreía sosteniendo una escoba entre las manos. Era la foto que yo mismo le había tomado aquel 10 de mayo del '87, cuando le regalé ese ciervo de madera. Debajo, unidas, estaban las tres fotografías de sus hijos cuando éramos niños. Me quedé mirando a mi madre largo rato, mientras mi hermano hablaba por teléfono a mi suegra para avisarle que estaba yo ahí con él y que iríamos a visitarla de inmediato.

En el camino, Antonio me comentó que mi suegra estaba muy sorprendida, pues había dado por hecho que algo me había sucedido, y que aparecer así de repente nada más avisando por teléfono no era muy normal. Pero así era, ahí estaba yo de regreso, para actuar de la mejor forma, para hacer frente a los problemas en vez de darles la espalda, para hacer lo que debí hacer desde un principio.

Me sorprendí porque no estaba nervioso, estaba calmado. De antemano perdonaba a mi esposa por lo que me había hecho, ya no sentía dolor sino, al contrario, la necesidad de acercarme a ella para ayudarla, para apoyarla; estaba preparado para enfrentarla de la mejor manera, con la nueva actitud que se había anidado en mí.

Llegamos a la casa de mi suegra en la colonia Aquiles Serdán, ella misma abrió. La saludé con respeto, ella me miró contrariada pero a mí no me importó, porque ahí en el patio por fin vi a mi hijo, ahí estaba mi pequeño jugando canicas con sus primos. Él se levantó del piso y me miró sorprendido, no supo reaccionar; no se acercó a mí y eso no me molestó, tendría que ganármelo primero.

Ahí mismo me prometí no descuidarlo nunca más, estar más cerca, llenar todas sus necesidades. Le daría los dos tesoros más grandes que puede dar un ser humano, amor y tiempo. Habíamos desperdiciado tanto… pero no tenía ninguna duda de que triunfaría en ese acercamiento.

Me aproximé, me puse en cuclillas y lo abracé. Él no respondió al abrazo y le sonreí, le di un beso y le revolví el pelo. Entonces dijo con toda la madurez de sus 4 años:

—Mi mamá está mala…

Me incorporé y fui directamente a ver a su madre. Mi suegra, conociendo mi carácter, se interpuso, me dijo que su hija no estaba preparada para un regaño y que además no le había dicho que iría a verla. Pero en ese momento para mí no había medias tintas, así que aparté con suavidad a mi suegra, me dirigí a la entrada de la vivienda y entré al cuarto, que era a su vez sala, comedor y recámara. Me acerqué lentamente a su litera, en la parte de abajo, y le sonreí. Ella se sorprendió mucho al verme y volteó la cabeza hacia la pared, rechazándome. No nos veíamos desde el día que la encontré con aquel hombre, seguramente pensaba que le echaría en cara lo del engaño, la infidelidad, el resultado de su promiscuidad. Pero no fue así; me senté junto a ella, la tomé de las manos y mientras ella trataba de soltarse, le dije unas palabras amables.

Se quedó sorprendida... Yo el enojón, el que gritaba, el que aventaba las cosas, no estaba enojado. ¡Ver para creer! Estaba muy delgada y tosía constantemente. Al percatarse de mi actitud, después de unos segundos volvió el rostro y bajando la mirada me dijo:

—Perdóname, por favor.

—No te preocupes —respondí.

El hecho de enfrentarla cara a cara sin violencia la hizo cambiar. La chica con quien me había casado enamorado estaba frente a mí y al sentirse en confianza se soltó, pues al no haber reclamos, en ese estado en que se encontraba, con la mirada suplicante, me dijo al oído que tenía miedo de morir, que añoraba encontrarme antes de irse para pedirme perdón, que muchas veces había leído mi carta con lágrimas en los ojos y que pensaba que algo me había sucedido por su culpa. "¡Si supiera!", pensé.

—No llores, Magy, no te voy a dejar sola —le dije en voz baja. Mis palabras estaban cargadas de sinceridad, sentía un gran aplomo, una gran seguridad.

—Me sentía muy sola. ¡Perdóname por favor! Fui inmadura y al sentir nuestro alejamiento no supe cómo reaccionar. ¡Yo sé que lo que hice estuvo mal! Si yo hubiera puesto de mi parte tal vez ahora estaríamos juntos... —dijo con la voz quebrada.

—Yo no me arrepiento de haberte querido porque así te conocí, para mí alguna vez fuiste mi salvación y guardo con cariño los momentos bonitos de nuestro matrimonio... —respondí.

En ese momento entró al cuarto mi pequeño hijo de la mano de mi hermano. Al vernos juntos se acercó, nos miró con atención y tuvo la iniciativa de interrumpirnos y abrazarnos a los dos. Ahí mismo y sin decir nada, en un momento permanecimos unidos por el abrazo de ese niño. Tuvimos tanto tiempo para hacerlo, tantas oportunidades… ¡Qué desperdicio! ¿Por qué no lo aprovechamos cuando lo teníamos? ¿Por qué las cosas se valoran cuando precisamente se pierden sin remedio? No sabíamos lo que pasaría después, pero ahí estábamos los tres. No era difícil adivinar lo que mi pequeño estaba pidiendo a gritos sin palabras, *su necesidad era tener un hogar con sus padres juntos*, así como había sido una necesidad para mí cuando era niño, la necesidad que todo niño requiere para ser feliz, el tener a ambos padres sin estar enojados, separados, gritándose o sin hablarse. El círculo se cerraba nuevamente en él, y yo lo detecté en ese instante. Sin embargo, la posibilidad de abrirlo se desvanecía sin remedio para él.

La grave enfermedad estaba presente y había puesto a Margarita a merced de una infección pulmonar avanzada que se agravó a su vez por la falta de medicamentos y de apoyo económico. Yo no dudé en utilizar para apoyarla aquel dinero que había guardado, tal vez no estaríamos juntos al final, pero quería ayudarla pensando también en que era importante para mi hijo estar con su madre como lo fue para mí estar con la mía al recordar cómo la perdí.

Llevé a mi esposa a atenderse de la mejor forma, pero fue inútil porque estaba muy deteriorada. El esfuerzo fue en vano y ella murió poco después de ese día, mientras yo permanecía con ella, sentado a un lado de su cama. A pesar de todos los esfuerzos que se hicieron, a ella se le escapó la vida una noche mientras permanecía sentado a su lado.

En esos días tuve contacto con Daniel y su esposa, además conocí a Martha y al pequeño Daniel, el hijo de Antonio. Permanecí unos días más y mi hijo debió percibir mi cambio de carácter, así como yo a su vez sentí su confianza porque me llenaba a todo momento de preguntas triviales. La única dificultad fue la abuela materna: quería quedarse con él. Definitivamente no podía dejarlo, así que se lo pregunté directamente a mi hijo, quien me facilitó las cosas, pues quiso irse conmigo. Agradecí sinceramente a la señora, pero no podía quedarse ahí.

Después de despedirme de la familia, salí con mi hijo de regreso a Zihuatanejo, no sin antes extender la invitación para la reunión en casa de Celia con motivo de mi unión con Rocío. No sabía la fecha, pero sentí prudente dejar un tiempo razonable.

Mi hijo fue bien recibido en la casa por todos. Al paso de los días y de juntarse con amigos de su edad, lo veía contento aunque a veces se retraía, no me lo decía pero yo sé que extrañaba a su madre.

La propuesta laboral que Guy me iba a ofrecer el día del accidente era un trabajo en las oficinas de una empresa de renta de películas. Comencé a ganar más dinero y además podía viajar y a veces lo hacía con mi hijo.

Rocío y yo decidimos casarnos por la iglesia un 15 de diciembre. Fue una reunión sencilla, amigos, vecinos y familiares —entre ellos Guy y Verónica— llenaron el patio y brindaron con nosotros. Nos felicitaron y recibimos regalos y abrazos de toda la gente. Mi hijo Arturo, vestido de traje, correteaba y jugaba con sus amigos —entre ellos la pequeña Fernanda— y se ensució todo de tierra la ropa nueva. Celia estaba triste, porque pensaba que nos iríamos de ahí a vivir a otro lado, pero yo le dije que no lo haríamos, su compañía le hacía mucho bien a mi pequeño.

Mis hermanos también se hicieron presentes, y fue Daniel quien ese día me dio una noticia sorprendente: al regresar de un viaje a Tlaxcala para ver la casa que teníamos allá, Daniel se había encontrado con nuestro padre, allá en el pueblo de San Miguel.

Regresaron juntos a México en el mismo camión. Se despidió de él pidiéndole dinero prestado. Daniel, que no traía mucho, le dio lo que pudo. Él le dijo que también quería vernos a Antonio y a mí, que nos necesitaba; le preguntó a qué nos dedicábamos y lo invitó a regresar a Tlaxcala, quince días después, a una fiesta en la casa de su hermana Nila.

No lo podía creer, yo lo daba por muerto. No dudé un instante en ir a su encuentro. Me preguntaba: "¿Para qué demonios nos necesitaba ahora mi padre después de tantos años ausente?". Muchas preguntas me hice y, por supuesto, no iba a dejar pasar la oportunidad.

Daniel no quiso ir a dicha reunión, prefería no verlo. Así que Toño y yo nos fuimos sin él. Me pregunté cómo sería... para qué nos quería ver...

Llegué solo a México a recoger a mi hermano para despejar todas las dudas. Salimos después de comer hacia la carretera México—Puebla. Íbamos callados, yo manejando, y después de dos horas y media, al llegar a la casa de mi abuela paterna, ahí estaba, al fin después de tantos años lo volví a ver.

Daniel ya nos había contado varias cosas sobre nuestro padre Antonio Lozano Castillo: que se fue de San Miguel porque había embarazado a una mujer y que se fué a Apizaco Tlaxcala a vivir con ella, pero después de unos años la abandonó dejándole dos hijas pequeñas, Blanca Estela y Norma, es decir que no se ocupó de ellas, les hizo lo mismo que a nosotros, se fue y llegó a México sin saber hacer nada; que trabajó en una fábrica como obrero textil en la colonia Doctores. Que además se aficionó a la lucha libre amateur en la arena México, pues tenía la inquietud y las cualidades, pero tenía también un defecto: no era muy alto. Que optó por ponerse una máscara para luchar y así ganar algún dinero. Que luego se juntó con una señora divorciada y vivió muchos años con ella por los rumbos de San Cosme, dejándole una hija al separarse, de nombre Leticia: volvió a hacer lo mismo, se separó de nuevo abandonando a su hija y se fue para Acapulco, donde trabajó en los muelles. Que allí conoció a una mujer de 20 años —Valeria— a quien

abordó vendiendo artesanías en la playa; la chica tenía un hijo de 1 año llamado Nelson y al verla sola mi padre la convenció y se la llevó a vivir con él; tuvieron cuatro hijos: Sandra, Érica, Valeria y Antonio..., sí, otro Antonio pequeño, que nuevamente estaba listo para cumplir ese círculo vicioso. No tenía dudas yo en mi teoría, porque años más tarde me enteré de que mis medio hermanas eran madres adolescentes y Antonio chico estaba en prisión, allá en Estados Unidos...
Mi papá era un perfecto desconocido para mí.
Lo saludé sin emoción, de una forma simple. Él me miró extrañado, como diciéndome: ¿cómo es que no te da gusto encontrarme después de tanto tiempo? Yo sonreí sin ganas y me fui a sentar.

Me enteré de que estaba enfermo de diabetes y le acababan de amputar los dedos del pie derecho; ya había dejado las muletas, estaba casi recuperado de las curaciones.

Su hermana Nila nos sirvió de comer. En mi mente me revoloteaba una lista de cien preguntas para mi padre, pero necesitaba que mostrara su disposición. Quería conocer su manera de pensar, tal vez era una persona cerrada, ya sabía que era inestable, la cuestión era determinar si estaba preparado para las preguntas que tenía en mente para él. Me contuve y esperé un rato para escucharlo hablar, necesitaba sacarle el máximo posible de datos, y lo más importante: saber por qué se había ido sin importarle nada, si en algún momento de su vida había pensado en nosotros. Pero fue inútil, porque tal como se dieron las cosas esa noche tuvimos que salir corriendo de ahí.

Era el cumpleaños de Norma, mi medio hermana, quien divorciada y con dos hijos vivía con la tía Nila. Me acerqué a felicitarla y platicar un poco con ella. Mi sorpresa fue grande cuando me dijo que cumplía la misma edad que la mía: 29 años. Nos llevábamos 3 meses de diferencia; y tuve que disimular mi enojo porque entonces comprendí que cuando vivía con mi madre, él tenía o una amante u otra esposa. No quise preguntar más, no quise saber si había más medio hermanos ocultos, diseminados por ahí con madres solas, a cuestas con ellos como le pasó a mi madre. Norma también había pasado la vida sin estar cerca de su padre, y yo lo culpé ese día directamente de la muerte de mi madre; tal vez no habría sufrido tanto si él no se hubiera ido, "tal vez estaría viva conmigo"...

De repente mi padre me tocó el hombro sacándome de mis reflexiones.

—Eres muy serio, acércate… ¿Quieres una cuba? —me dijo.

Yo lo vi de frente por primera vez y sonreí al pensar que posiblemente lo único que me ofrecía este señor en la vida era una bebida preparada con ron y refresco. Estaba perdiendo el pelo, se veía mal, arrugado y ojeroso. Me dio la impresión de que ese hombre moreno, velludo, de brazos fuertes, tenía algo… como que cuidaba mucho su apariencia para no perder alguna oportunidad de ligar a alguna señora descuidada.

—Sí, gracias —le respondí como se le responde a un mesero que te está atendiendo.

Al volverme la espalda quise hablarle, decirle que su ausencia destruyó mi vida, que estuve muy solo y me hizo mucha falta, que quise sentir su abrazo y su consuelo de pequeño. Y que mi madre sufrió mucho por él cuando se fue, que mi hermano casi se muere por las condiciones en las que estuvimos solos, que fuimos indisciplinados, que mi padrastro nos golpeaba mientras él brillaba por su ausencia... Tantas cosas quise decirle, pero no me atreví, no tuve confianza para hacerlo.

Al acercarse nuevamente, me extendió el vaso con una servilleta y, sin pensarlo, me tomé aquel trago de ron de un tirón; lo necesitaba.

La música al tope no permitía la comunicación, había gente además de nosotros y parejas bailando. Era inoportuno y yo preferí esperar. Una señora se me acercó y de manera escandalosa me preguntó si yo era hijo de Antonio porque era muy parecido a él. Me levanté, me quité la chamarra, la coloqué en la silla donde estaba sentado y me dediqué a contestar sus preguntas. Al lado mío estaba mi hermano Antonio hablando con mi padre; después de haber tomado ambos ron por un rato, cambió el escenario, el ambiente se hizo tenso; quitaron la música cuando comenzaron a levantarse la voz.

Era increíble lo que mi hermano estaba haciendo, pudo más el instinto que la razón. Estaban sujetos de los cabellos y se jaloneaban fuertemente. Mientras mi hermano con el brazo derecho daba golpes a mi padre, él trataba de defenderse pero no podía. La cosa fue breve, duró unos cuantos segundos, pero definitivamente no podíamos separarlos. Tiraron una mesa, botellas y vasos; en el suelo quedaron los vidrios rotos y la silla de madera donde estaba sentado mi papá. Sujeté con fuerza a mi hermano con ayuda de otra persona; a mi papá lo sujetaron otros dos. Al separarlos, mi padre tenía la boca y la nariz manchadas sangre. Norma, controlado el escándalo, nos corrió —tal vez por haber arruinado su fiesta de cumpleaños— y tuvimos que salir de ahí, subir al coche y arrancar velozmente de ese lugar donde habíamos hecho un verdadero lío.

—Insultó a mi jefa —explicó mi hermano.

—¿Por qué? —le pregunté.

—Porque ella dijo que a papá, el día que se casó con mamá, lo estaba esperando afuera una mujer embarazada para impedir la boda, que lo amenazó con hacer un escándalo si se casaba… Luego dijo que mamá fue solo un juego para él, que la quería para pasar el rato nada más, que tenía suerte para andar con muchas, y ella era una más. Lo dijo como presumiendo el hijo de su chingada madre, como queriéndome insinuar que era muy chingón y que tenía que admirarlo... —me contó Antonio apesadumbrado, moviendo la cabeza negativamente, y llevándose la mano a la base de la nariz, agregó—: Discúlpame, Po.

Después de manejar un rato nos detuvimos en una gasolinera donde había una tienda; mi hermano bajó y compró una botella de tequila, vasos, refrescos y cigarros. Yo, que acostumbraba aconsejarlo siempre, ahora me había quedado callado; así me había dejado él, perplejo. No le daba la razón, pero era indiscutible su acción, así como alguna vez yo había defendido a mi madre golpeando a quien la insultó. Ahora él lo hacía también y nada menos que ¡con nuestro padre!...

Un rato más tarde nos tranquilizamos. No quise manejar en ese estado, así que nos detuvimos a un lado de la carretera para platicar. Mi hermano era mi gran amigo, lo respaldaba, estaba mal lo que había hecho, pero yo me sentía orgulloso de él. Con esos golpes le había dado a entender a mi padre que no le interesaba su presencia, que no lo admirábamos en absoluto y que no podía contar con nosotros. Con la acción de mi hermano nuestro padre supo que no le daríamos nada ahora que él lo necesitaba, que el daño que nos había infringido ya era cosa del pasado y podíamos superarlo poco a poco. Tendría que buscar a sus otros hijos para que lo ayudaran, pero yo estoy seguro de que de todos no se haría ninguno.

Ahora era él quien necesitaba de nosotros. Ya no podía trabajar tan fácilmente, estaba viejo, enfermo y solo. Su esposa Valeria, cansada de los maltratos y de trabajar para él, se había ido con un hombre que le propuso irse a vivir con él a los Estados Unidos, llevándose a sus cuatro hijos. Y ahora regresaba con su hermana Nila porque no tenía donde vivir.

Encendimos la radio, escuchamos música y esperamos a que amaneciera para regresar. Nos acercamos, pues hacía frío, y nos tapamos los dos con su chamarra pues la mía la había dejado en esa casa. Nos reímos, y después de comentar varias veces lo que había pasado esa noche, mi hermano se quedó dormido con la botella casi vacía entre las piernas. Yo lo acomodé y apagué la radio, saqué una Biblia pequeña de mi bolsa y después de buscar un poco, leí el siguiente mandamiento: *"Honrarás a tu padre y a tu madre"*. Permanecí un rato en silencio, miré a mi hermano dormido y volví al libro reflexionando sobre lo ocurrido. Mientras lo hacía, una lágrima se deslizó por mi rostro y cayó exactamente en el párrafo que acababa de leer.

¿En qué circunstancias de la vida Dios nos pedía esto? ¿De verdad tenía que honrar a mi padre? ¿Se lo merecía, cuando mis hermanos se sentían tan afectados en su vida por su culpa? Porque si bien es cierto que a mí su ausencia me afectó muchísimo, también es verdad que ellos sufrieron más que yo, o por lo menos igual que yo, aunque no puedo adivinar sus sentimientos con exactitud pese a que hemos continuado nuestras vidas comunicados.

Lo cierto es que yo perdoné a mi padre. Perdoné su ausencia, su ceguera y su irresponsabilidad. No cabía ningún rencor en mi corazón porque sentía que eso sería un daño para mí. No le deseé ningún mal porque en realidad se lo hizo a sí mismo. Ahora únicamente podía compadecerme de él; al principio no quería admitirlo, pero llegué a la conclusión de que me daba lástima. Las preguntas que tenía en mente quizá nunca tendrían respuesta, pero de alguna forma era mejor así. "A pesar de todo lo que he sufrido por haber tenido una familia desintegrada —pensaba—, daría todo lo que tengo y hasta mi vida por cumplir mi sueño dorado que siempre fue *tener a mis padres juntos*, hayan sido lo que hayan sido, hayan hecho lo que hayan hecho". No porque fueran mejores o peores que otros, sino simplemente *porque eran míos*, habría dado todo por llegar una sola vez a la casa, recibir una bendición y abrazarlos con cariño a los dos, porque necesitaba amar a mis padres aun con toda su imperfecta humanidad.

Después de un rato de meditarlo me calmé un poco, el cansancio me vencía pues empezaba a clarear el día. Me acomodé y, luego de cubrirlo, me quedé dormido recargado en el hombro de mi hermano Antonio.

ÚLTIMA PARTE

—Qué crees, Arturo... adivina —me dijo Rocío una mañana durante el desayuno— qué crees... —pasaron unos segundos mientras sonreía y se tocaba el vientre.

—No... ¿Sí?... —pregunté al mismo tiempo que brinqué. Rocío me dijo que estaba embarazada. Por supuesto, lo festejamos y esperamos con ilusión la llegada del bebé.

Con el paso del tiempo me sentía estable, feliz, había superado poco a poco los problemas del matrimonio. En la pareja había comunicación y respeto, no podía creer que ahora era el jefe de esta familia a la que había llegado un día siendo un verdadero desastre. Mi hijo creció y recuperó poco a poco la confianza en su carácter; empezaba a ser extrovertido.

Un día temprano, a punto de salir a trabajar, me detuve al escuchar en la televisión al animador Paco Stanley en un spot que promovía un concurso. Este consistía en enviar un pensamiento a la madre, pues se acercaba el 10 de mayo. No era en sí el premio lo que me había llamado la atención, sino el motivo. Los diez primeros lugares ganarían viajes a diferentes playas mexicanas.

Me fui a la oficina y me olvidé del asunto, pero al regresar en la noche lo recordé y se lo comenté a Rocío, que tenía ya cinco meses de embarazo. Me dijo que a ella le gustaba la forma de expresar mis sentimientos al escribir.

—¿Qué puedes perder?... ¡Pues nada! —dijo, y me convenció de que enviara una carta al concurso para ver lo que sucedía.

Yo lo veía difícil porque era un concurso a nivel nacional y destacarse era por tanto casi imposible. Además mi madre había muerto y se entendía que quien ganara el concurso podría llevar a su mamá a ese viaje con todo pago. Pero como mi esposa decía, no perdía nada con intentarlo.

Así que en la noche, cuando Rocío ya dormía, me levanté sin hacer ruido, me dirigí a la sala en la penumbra, tomé lápiz y papel y comencé a escribir. Lo hice como si mi madre estuviera conmigo ahí, sentada frente a mí y me escuchara. Lo hice dirigiéndome a ella sinceramente. Al día siguiente en la oficina pasé el documento en la computadora, tal cual lo había escrito en la noche, le agregué el dibujo de una rosa y lo mandé por correo.

Días más tarde, un grito de Rocío me detuvo cuando estaba a punto de salir a trabajar. Pensé que se había caído, pero no; había gritado por escuchar mi nombre en la televisión. Llegué corriendo a tiempo para escuchar mi carta leída por el mismo Paco con un bello fondo musical, ya que para motivar el concurso se escogían algunas cartas y se leían al aire. Esa mañana inolvidable, al borde del llanto escuché la impresionante voz grave del locutor, más que leyendo, dramatizando mi carta:

Para Ofelia

Mamá, quiera Dios que ojalá puedas escuchar estas palabras, quiero que sepas que aunque ha pasado tanto tiempo de no verte, te extraño todavía.

Qué injusta es la vida para algunos, mientras que otras personas no aprecian a sus padres cuando los tienen vivos y juntos, otros sufrimos mucho por su ausencia.

Han pasado muchos años desde la última vez que te vi, aquel día en la mañana cuando te fuiste a tu último día de trabajo y hasta ahora lloro en silencio por ti de repente, al ir manejando, al escuchar una canción, en la noche...

Cómo me gustaría que estuvieras aquí conmigo, que conocieras a mi hijo, que me dijeras si yo era igual que él. Me gustaría pasear contigo, ver un atardecer, caminar por la playa juntos, salir a pasear los fines de semana y ver fotos viejas...

Recuerdo verte caminar y perderte entre la gente con tanta apuración y no encuentro las palabras para decirte: Detente, ya no te preocupes más por nosotros, ¡Ya es suficiente!...

El día de mi graduación estuve triste porque fue el día que cumplí una promesa que nunca supiste que yo hice para ti, pero ya no estuviste ahí para saberlo.

Yo tenía en mis manos un diploma y una charola dedicada con tu nombre, a cambio, vi a mis compañeros bailar con sus padres. Yo me aparté y permanecí en silencio, yo solo, pensando en ti, con ese diploma para ti entre mis manos.

¿Sabes?, A veces no puedo dormir por las noches y una gran soledad se apodera de mi alma y te recuerdo con cariño. Tengo una foto tuya en la pared y la contemplo a veces, yo no te he olvidado, ¡nunca te he olvidado!

Ahora mi esposa duerme, esperamos un bebé, no quiero molestarla con mis cosas. Al verla dormida pienso que no podría abandonarlos, dejarlos solos como lo hizo mi padre. El estar sola con tres pequeños debió ser muy duro para ti. No los abandonaré, no importo yo, ahora son ellos los que importan.

*Hoy que soy padre entiendo la carga tan grande que tenías, comprendo tus preocupaciones y tus desvelos y solo puedo decirte ahora: **¡Gracias por todo!** Porque alguna vez al ver tus lágrimas quise superarme para ti sin sentir todavía que el beneficio era para mí.*

¿Sabes? Siempre me pregunté: ¿qué estarías pensando ese día en que te fuiste a trabajar, mirándome ahí sentada al borde de mi cama, la última vez que

te vi? Y de algún modo me he dado cuenta de lo que pensabas después que han pasado los años.

Yo mismo he visto a mi hijo dormido, sentado en su cama sin hacer ruido para no despertarlo, ahí mismo le he pedido a Dios que lo cuide..., tal vez esa era la respuesta.

Pero la alegría inmensa que conlleva el esperar un hijo para mí no es completa, se mantiene pausada en la esperanza de encontrarte algún día.

Dicen que la gente muere cuando uno la olvida, tú no has muerto para mí, te he visto en la armonía de una familia, en la buena fe, en las buenas intenciones, te he visto de repente en la risa escandalosa de mi hijo, pero te vas antes de que pueda fijar la imagen en mi mente, te vas antes de que pueda decirte: ¡Espera! ¡Por favor... no te vayas!

Feliz Día de la Madre

10-5-99

Fue imposible contener un par de lágrimas cuando terminó, no pude grabarlo porque no estaba preparado y tampoco ganó ninguno de los diez premios, pero ¡qué más da! Me sentí aturdido todo ese día, ningún premio podría darme la satisfacción moral que sentí en ese momento, estaba más que satisfecho, el hecho de escuchar mi carta al aire, escuchada también por millones de personas y además leída por un personaje tan importante de la televisión era ya por de por sí un premio para mí. No lo comenté con nadie, sólo con mi esposa y me olvidé del asunto. El original hecho con lápiz lo llevé al panteón y después de dejar unas flores y de leerlo en voz alta, lo dejé en un sobre abierto sobre su tumba en el cementerio "Parque Memorial", donde descansa ella junto con su nieto, el pequeño Daniel.

Días después, una mañana de ese mismo mes, distraído en las ocupaciones cotidianas del trabajo, con gran tristeza me enteré por las noticias de que el señor Francisco Stanley había muerto, asesinado de varios disparos adentro de su automóvil al salir de un restaurante.

Unos meses más tarde llegó el día más feliz de mi vida: nació mi pequeña Sandra. Sentí como si ella representara el pago de las soledades y las tristezas que habían quedado atrás, la compensación de todo el sufrimiento junto, pero... ¿Por qué Dios quiso que naciera justamente el día de mi cumpleaños? Tal vez para hacerme entender que era un regalo, *mi regalo de Él para ser feliz*, y tal vez para probar que se puede empezar de nuevo responsablemente. Mi hija estaba intacta y seguiría así, tendría una infancia y una vida normal y sería una niña sana, porque estaba seguro de no cometer los mismos errores del pasado. Al verla por primera vez, acerqué mi rostro al de ella y me miró. Tomó mi dedo con su manita y sus uñas largas apretándolo fuertemente como diciéndome: "Necesito de ti".

Quisiera encontrar las palabras para explicar los sentimientos en mi corazón pero desisto, es imposible describir lo que siente un ser humano en un momento como ese. Muchas veces en mi vida he llorado, como consta en estas hojas, y no me avergüenza decirlo; unas abiertamente de dolor, otras de angustia y otras más, calladamente de tristeza. Ese día, por primera vez en mi vida, lloré de alegría.

Un fin de semana, de visita en San Miguel, quise salir a correr por la mañana como lo hacía de niño, pero mi hijo me detuvo. Me dijo que quería ir a correr conmigo, así que se puso sus tenis y salimos juntos. Iba a mi lado corriendo de manera muy simpática pero, dándole su importancia, tomé muy en serio su esfuerzo. Después reflexioné que él tenía la misma edad que yo cuando salí a correr la primera vez. Se esforzó mucho y regresamos a la casa a tomar agua en el patio donde había una banca. Pensé que había sido muy duro para él y que tal vez ya no volvería a salir conmigo nunca, sin embargo me dijo algo que me hizo volver al pasado.

Yo pensaba que le gustaba más el fútbol porque le encantaba ir a los partidos y pasaba las horas jugando con su balón. Pero como entonces se estaban llevando a cabo las Olimpiadas del año 2000, él veía las competencias conmigo poniendo mucha atención. Lo que me dijo mi hijo ese día fue:

—Papi..., cuando sea grande me gustaría ir a... a las olimpiadas... a competir...

Disimulé mi sorpresa un momento.

—¿Ah sí?... Bueno, no es tan fácil... —contesté.

Y recordé que un día de pequeño yo había sentido la misma inquietud, y recordaba también la prisa que tenía por entrenarme yo solo.

Al escucharlo sentí unas ganas incontrolables de abrazarlo. Lo hice despacio, disimulando un poco las lágrimas porque me vi por un momento a mí mismo en él y recordé a Nicolás. "¿Cómo podría yo golpear a un pequeño así, por tener aspiraciones?", pensé. Aunque no fuera mi hijo me despertaría una gran ternura su actitud en un cuerpo tan chiquito. Sus palabras me recordaron también cómo empecé a entrenarme solo a escondidas, desafiando a la autoridad, como si la competencia fuera a realizarse la semana siguiente. Así que lo comprendía perfectamente, me bastaba solamente recordar.

Sabía lo que tenía que hacer y, a diferencia de mí, él no dejaría ir la oportunidad. Tal vez cambiaría de opinión cuando otra cosa le llamara más la atención. No importaba. Yo sólo tendría que estar atento para respaldarlo, para que él encontrara su vocación. ¿Y por qué no? Tal vez él sí alcanzaría el éxito que yo alguna vez quise y fue para mí truncado, o tal vez no. Si él lograra conseguirlo, pensaba, sería como si yo mismo hubiera triunfado. Y aunque no lo hiciera, de todos modos lo respaldaría; no por interés, pensando que en mi vejez él podría darme la espalda; *lo apoyaría siempre porque lo amaba.*

Todo niño debería poseer el maravilloso tesoro de tener a sus padres, pero esto no es suficiente. Ningún niño debería ser maltratado tampoco por nadie, mucho menos por sus familiares, porque las consecuencias las lleva cargando durante toda su vida y se reflejan, ya de adultos, en sus mismos hijos.

Coloqué al pequeño sobre mis piernas. Un cúmulo de sensaciones y recuerdos llegaron hasta mí. Lo abracé al sentir su fragilidad y pensé con optimismo.... Él es como de un material que se moldea para darle forma entre mis manos. Con amor adoptaría la forma que él quisiera tener, tendría que prepararlo para enfrentar la vida como debe hacer todo padre con sus hijos. Y no tenía dudas: lucharía por romper ese círculo en él. Con fe podríamos hacerlo, con el respaldo de Dios podría ser diferente.

De repente se asomó mi hermano Antonio por la puerta de la cocina cargando a mi hija, sacándome de mis reflexiones.

—A desayunar —dijo.

A lo lejos escuché la voz de Rocío que nos esperaba.

—¿Tú tienes hambre? —pregunté a mi hijo.

Él negó con la cabeza. Me acerqué un poco más.

—Te quiero, pequeño —susurré en su oído.

—Yo también, papi... —contestó de la misma forma.

Nos miramos por unos segundos y sonreímos al mismo tiempo.

—Ven conmigo... —le dije.

Lo tomé de la mano y salimos de la casa.

—¿Cómo se llama tu novia? ¿Eh? —pregunté en un fingido tono serio.

—No tengo... —contestó, sonriendo ruborizado.

—¡Cómo no, yo te vi...! —dije en tono de burla, mientras él estallaba en una carcajada.

Nos fuimos platicando juntos y nos alejamos poco a poco caminando por aquella vereda junto al río, donde yo corría de niño, que se adueñó de mis sueños en esa primera edad, sueños que no debieron truncarse de ese modo, que debieron realizarse, que debieron perseguirse con ferocidad. Nos fuimos por aquel camino que conocía de memoria y que ahora le tocaba recorrer a él, aquel sendero que simboliza una vida, una nueva oportunidad, aquel sendero que llega hasta la presa de San Bernabé.

Índice

Editorial LibrosEnRed

LibrosEnRed es la Editorial Digital más completa en idioma español. Desde junio de 2000 trabajamos en la edición y venta de libros digitales e impresos bajo demanda.

Nuestra misión es facilitar a todos los autores la **edición** de sus obras y ofrecer a los lectores acceso rápido y económico a libros de todo tipo.

Editamos novelas, cuentos, poesías, tesis, investigaciones, manuales, monografías y toda variedad de contenidos. Brindamos la posibilidad de **comercializar** las obras desde Internet para millones de potenciales lectores. De este modo, intentamos fortalecer la difusión de los autores que escriben en español.

Nuestro sistema de atribución de regalías permite que los autores **obtengan una ganancia 300% o 400% mayor** a la que reciben en el circuito tradicional.

Ingrese a www.librosenred.com y conozca nuestro catálogo, compuesto por cientos de títulos clásicos y de autores contemporáneos.

www.ingramcontent.com/pod-product-compliance
Lightning Source LLC
Chambersburg PA
CBHW060405030726
47497CB00003B/856